LOCUS

LOCUS

LOCUS

LOCUS

catch

catch your eyes；catch your heart；catch your mind……

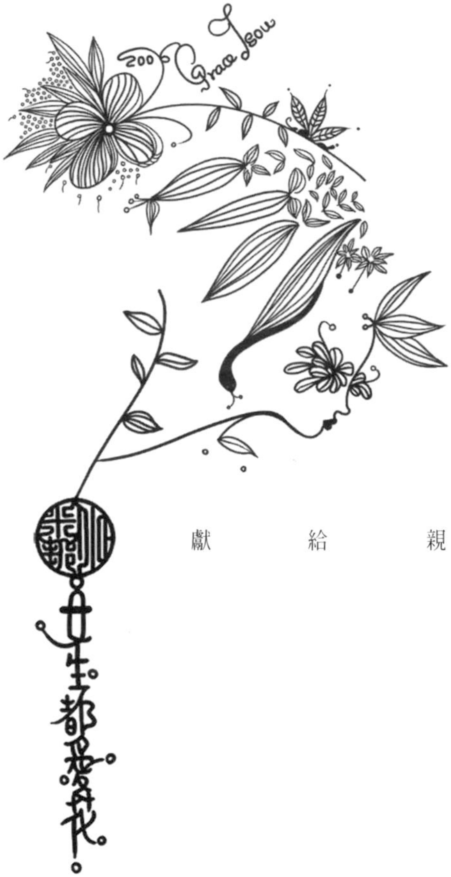

獻給親愛的姊妹花

創意大爺 范可欽

花序

2005.9.9.

妳聽過蝴蝶效應嗎
它講的是一隻蝴蝶拍動翅膀
在幾萬公尺外會引起像卡翠娜般撲天蓋地的颶風
但你相信一個小女生的血拼行爲也會產生如蝴蝶效應般的威力嗎
我把這種行爲稱做經濟學上的〔花蝴蝶效應〕
想像一下，當你在正辛苦工作的時候
某個城市裡，有個女孩正爲了花枝招展
於是走進一家精品店買了個包包，在她出手付錢那一刻
其實她也對世界產生了驚人的影響力
我說的可不誇張，你看因爲有她的慾望
才會有間精品店的產生，爲了要產生這家精品店
先要有建設公司買地，還要有室內設計師設計
還要遠在國外的產品設計師日以繼夜耗費腦力，這還不夠
還有遠在第三世界的小農村裡，大家日以繼夜的努力完成產品後
還要透過DHL和陽明海運還有黑貓宅急便才能送到店裡
爲了吸引這小女生的注意
讓我這個廣告人能說學逗唱，餬口飯吃
也讓立法院每次爲了關貿協定鬧的不亦樂乎
也讓銀行信用卡發卡量不斷激增
妳看就這些美麗的花蝴蝶，讓整個世界都動了起來
女生爲什麼都要〔花〕
從這個道理來看，一切再簡單不過
爲了老公的飯碗，爲了拯救不斷提昇的失業率、爲了促進國際經濟
所以小米妳好好的繼續花下去吧！因爲妳花
讓妳這個前老闆的我生意才能一直做下去
你說女人的花蝴蝶效應是不是讓所有男人**可歌可泣**

張怡琪
聯廣集團執行創意總監

花序

Want

不要買．
不要看．
不要傳閱．
不要公開．
不要隨她敗．
不要受她感召拒絕敗．
不要拿她透視購物癖．
不要拿她鑽研消費心理．
不要為她斷食減肥形銷骨鎖．
不要為她暴飲暴食放棄八頭身段．
不要以為電修化妝特效重現青春美麗不分族群年紀跟長相．
不要為她測試高價消費的容忍度．
不要為她的一語多關而熱血澎湃．
不要被她說中心事掏心掏肺又掏金．
不要隨波逐流一花不可收拾．
不要當花癡．
不要讓花變成暢銷書．
不要把以上當**眞**。

盧淑芬
ELLE雜誌時尚總監

花序 Where

你問：女人都花到哪去啦

答案是：干你X事

請整點新聞、報紙軟性版面、週刊媒體

不要繼續用這種「物化」的眼光看女人

女人就是要瘦、要美的終極目標

還不都是爲了追逐幸福

如果你不能懂女人心裡的那個渴望幸福的黑洞的話

請不要再問這個問題

購物天堂？購物，不過是登上天堂的樓梯

哪裡是天堂，幸福就是天堂

米妹在這本插畫書裡

指出了女人爲了得到美麗，贏得時尚外表，所做出的一堆荒謬事

第一眼看了好笑

第二秒鐘覺得是心疼

大家都誤解了

女人要的只不過是

幸福。

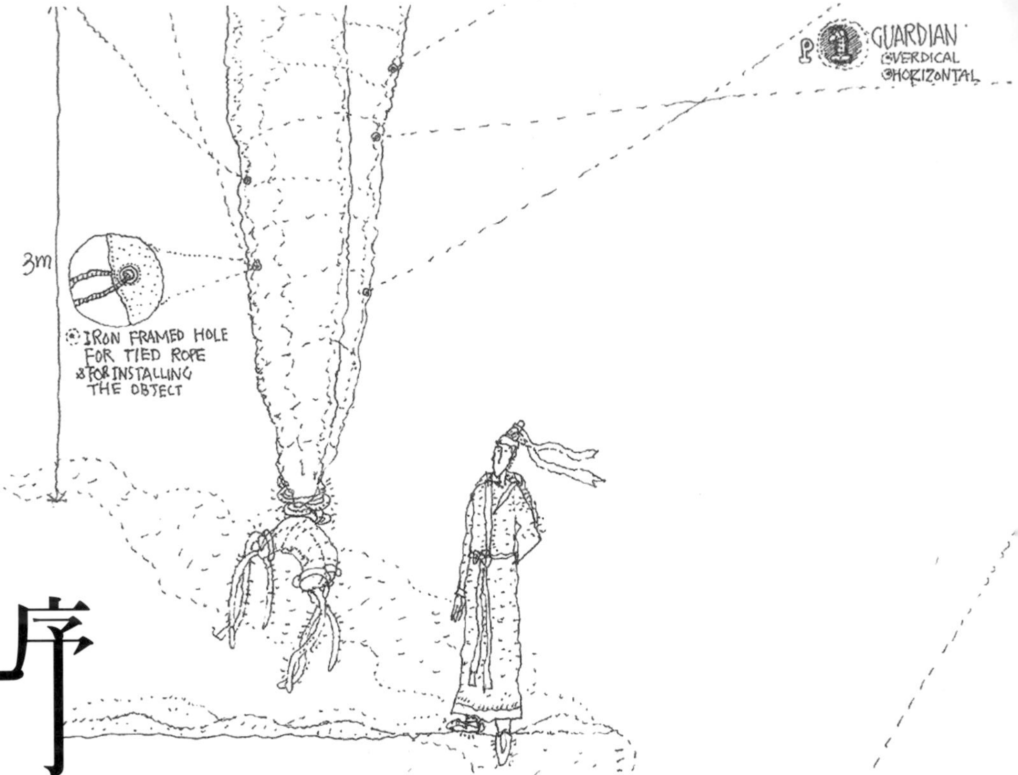

Wait

實踐大學建築系教授
顏忠賢

花序

這是一本視覺系的專業敗家攻略本一本療傷系的入迷時尚診斷書的令我困惑〔女生都愛花〕這本高階的病態的關於HI-FASHION的讀本用超廣告創意式的險用多媒材插畫攝影式的險用極夙慧文案式的險來書寫〔花〕讓所有書中的SHOPPING的自恃自嘲自詡都因此變得那麼難得的勇敢而堅強使讀者們可以藉著作者過人的尖銳而前衛的時髦探險來測試自己的關於〔花〕的探險並沒有那麼險那麼需要懺悔那麼需要困惑。

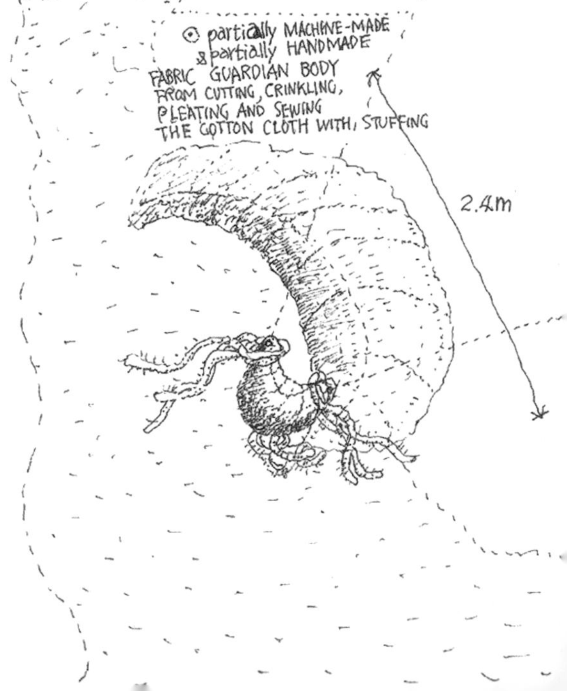

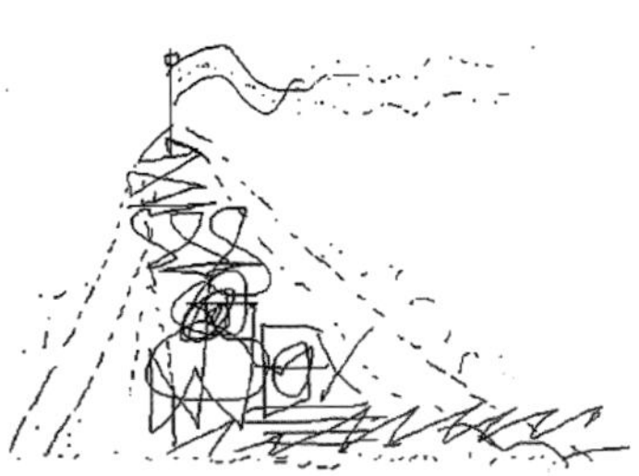

About me.
FASHION
ILLUSTRATION

本書使用方式以及注意事項

本書數量有限請勿傳閱・有借沒還再討困難

血拼以前・請務必閱讀本書以維護荷包安全

隨身攜帶本書・抗老防皺養顏美容幫助消化

當快樂用完了・莫名犯自閉耍憂鬱全身無力

當他又再度不解妳・本書可以找到花的眞諦

穿上了新行頭・還是不開心發覺全身不對勁

Grace Tsou.

・把MiDi裝進iPOD裡・

・我的尼古丁離不開咖啡因・

・Photoshop正想和Illustrator分手・

・MAC快速鍵到了2006春夏的彩妝・

・D&G的紅皮外套裡裝著MIUMIU初夏白色小背心・

・白色珍珠摩天輪在路邊繞著黃色皮膚自由的公轉・

・紅顏色的小花壓得綠色眼影喘不過氣來・

・眼看迷彩的腳趾甲隊伍就要衝破了彩虹毛襪興建的圍籬笆・

・無奈英式及膝長軍靴卻擺脫不了粉紅兔子的大耳朵・

・CK藍色條紋平口褲祕密寄住在MAX＆Co.的紅色窄裙裡・

・最後你的售價終於征服我的黑色條碼・

為 什 麼 女 生 都 愛　花？

是女生的原罪？ 花 還是女生的救贖？

Grace Tsou.

是買不到的焦慮？還是花太多的憂鬱？

Grace Tsou.

【有錢又遇到打折就該買】

有花堪折直須折，
莫待無花空折枝

【不要等到沒錢又沒折扣的時候想買也買不到】

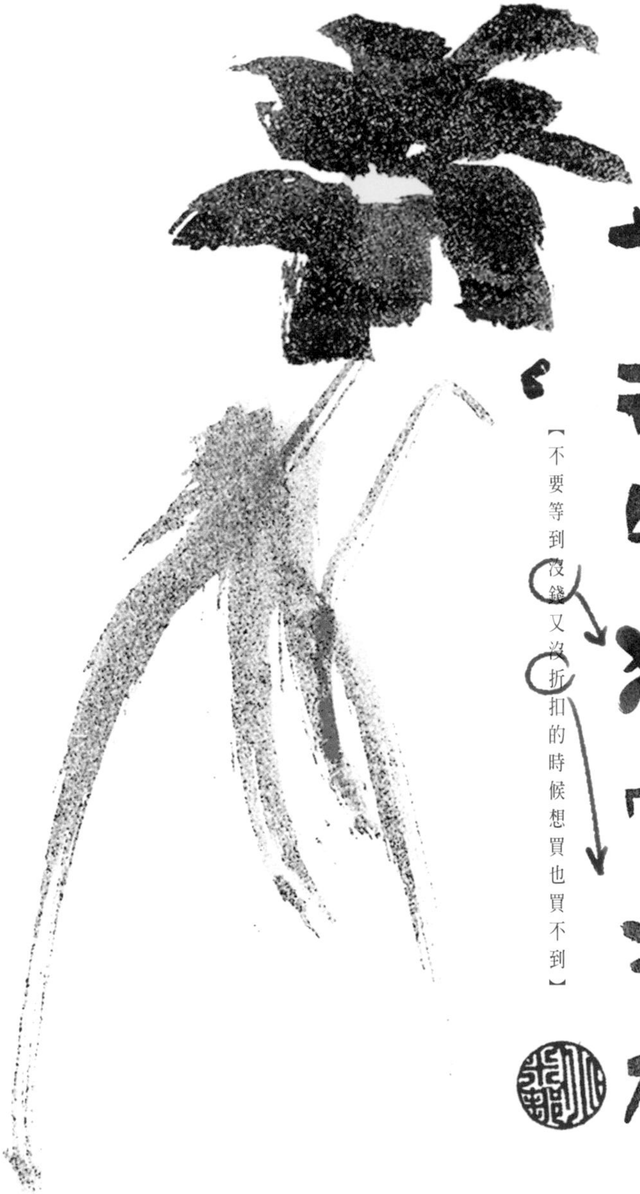

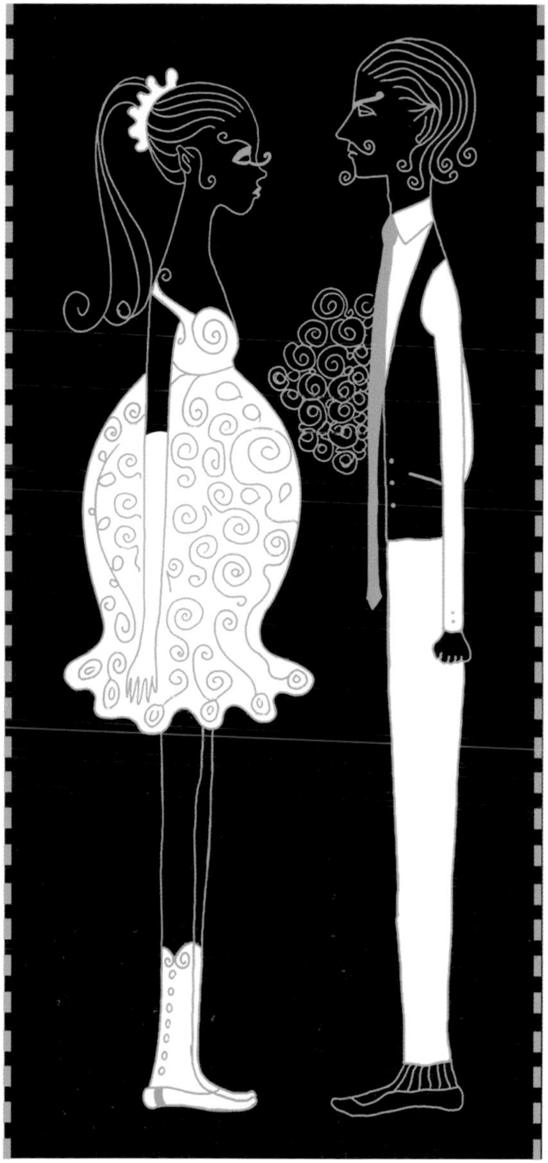

我們打從娘胎開始花

這一切都要感謝媽媽

我愛大省婆
大省婆今年五十多，不化妝不懂名牌是什麼。上刀山、下油鍋，辛苦都是為了家。一件衣服打折下來才三百多，挑鞋子要還很好走，裙子三百九十九元還要殺、頭髮一捲就是幾十個年頭。冷氣有涼趕快關，室溫沒有30°C不準開。沒有大省婆就沒有我。謝謝
給我
學藝股長
六年六班小米鄒
放学後請主動到辦公室罰寫
My Mother
like mother , like daughter ?

腳踏2條船

購物 是一種彌補兒時得不到的恐懼慾望

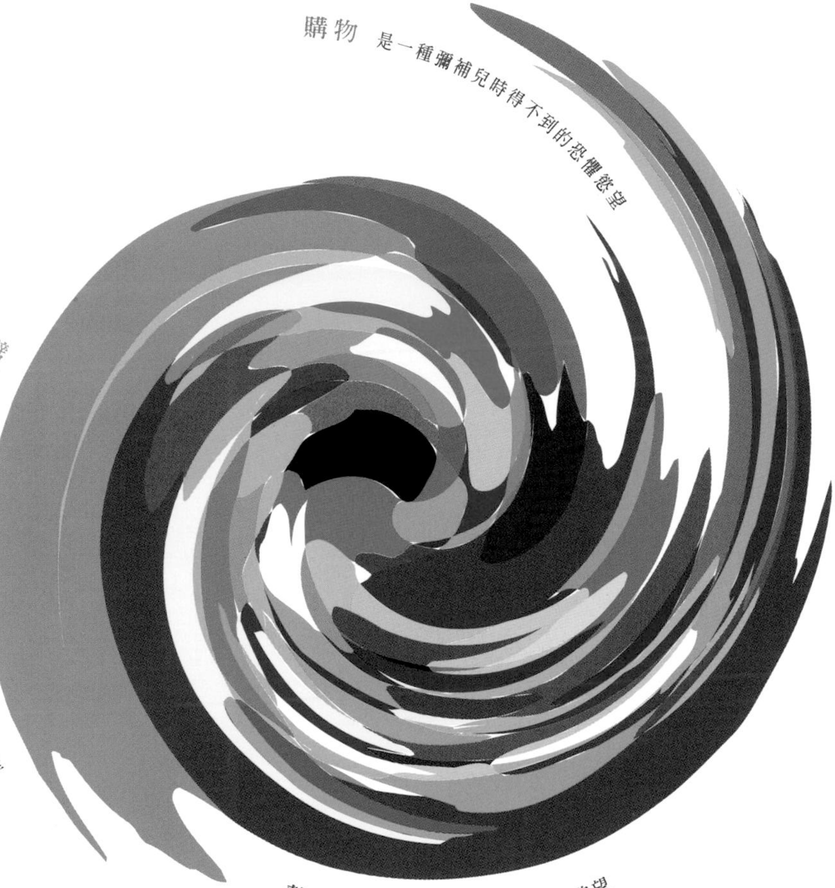

劈腿 是一種同時享受多重安全感的分裂慾望

整型 是一種發現不完美的搶救慾望

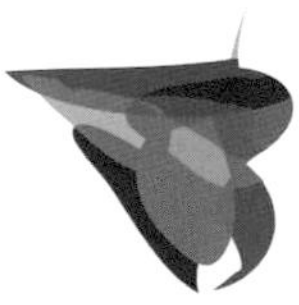

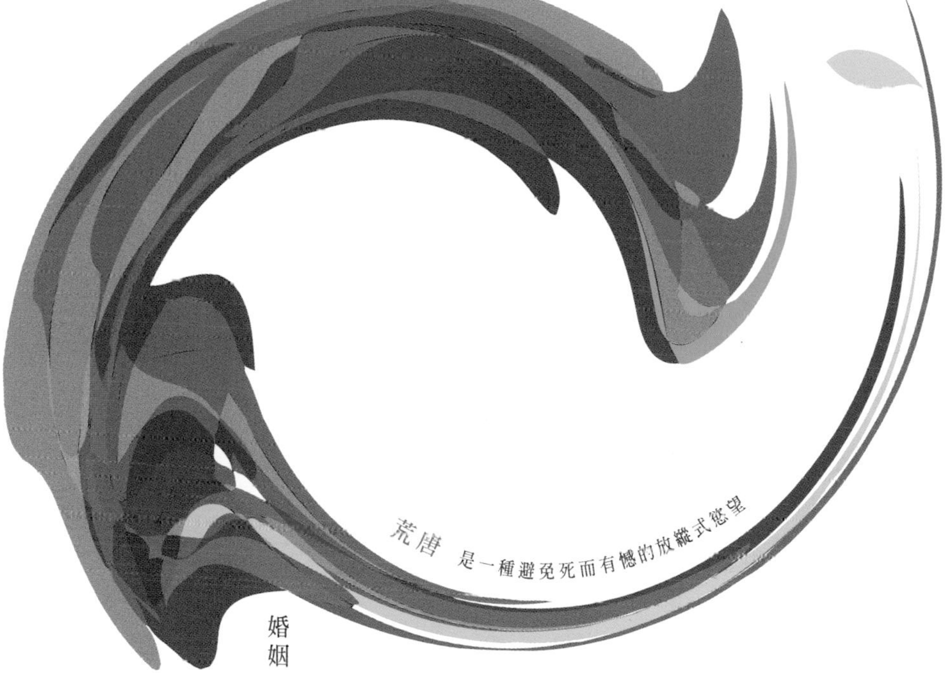

承諾　是一種強迫自我達成的被動性慾望

荒唐　是一種避免死而有憾的放縱式慾望

婚姻　是一種穩定情感的暫時性慾望

欲望 是一種 來自頻率無法達到抗衡因而反覆不規則溢出的渴望

穿新衣

戴新帽

存錢是妳每年的新年新希望

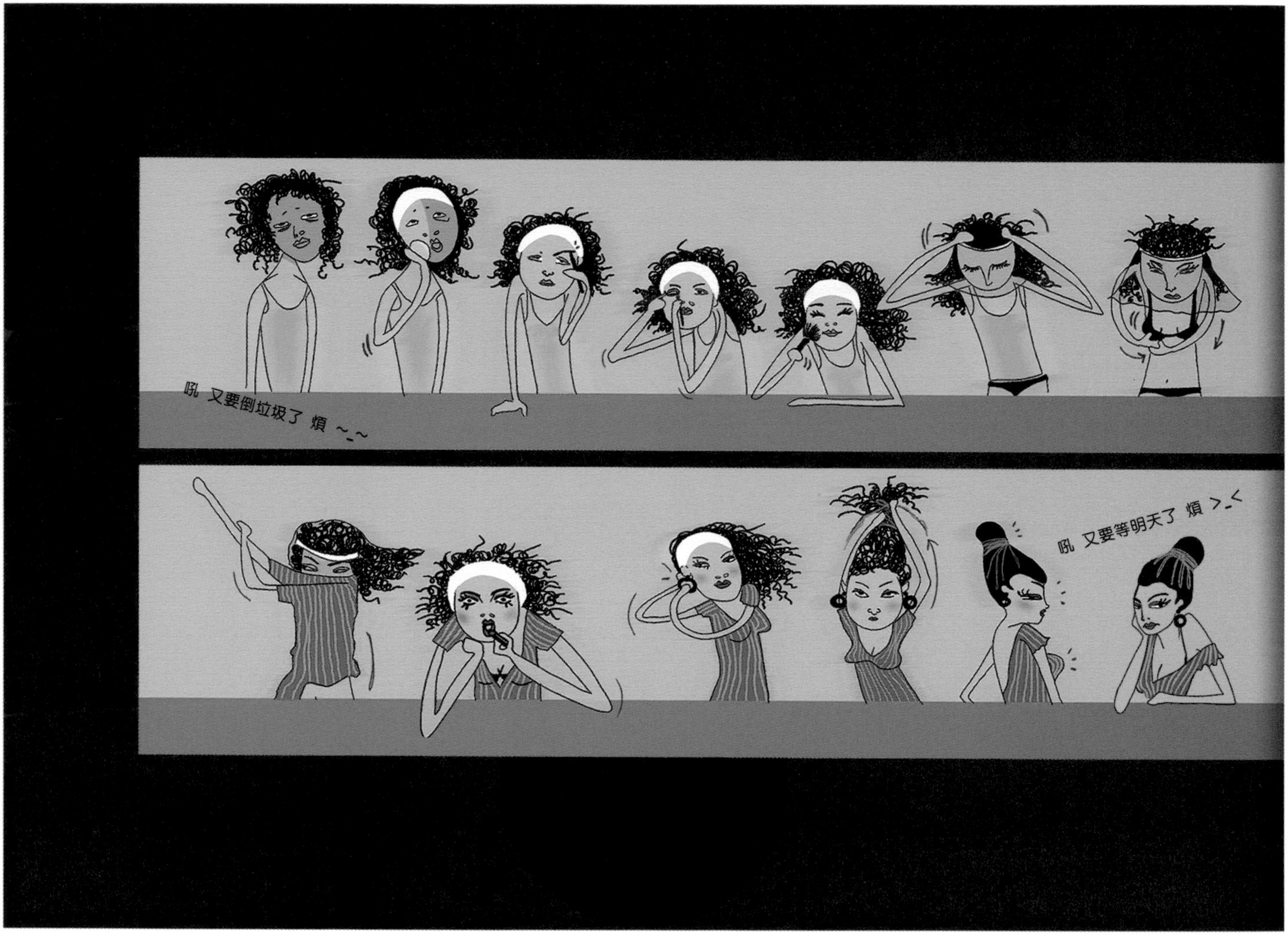

美化市容，人人有責

人在照鏡子的時候　都會想盡辦法取悅自己

12星座之花樣年華

ARIES
橫刀奪花
CANCER
守不住的花
LIBRA
花洩不平衡
CAPRICORN
花錢消災
TAURUS
賺不夠花
LEO
百花之王
SCORPIO
一花不可收拾
AQUARIUS
花仙子
GEMINI
天生就很花
VIRGO
省小大耒花
SAGITTARIUS
隨便花
PISCES
花洩情緒

00000000
就是鈔愛花

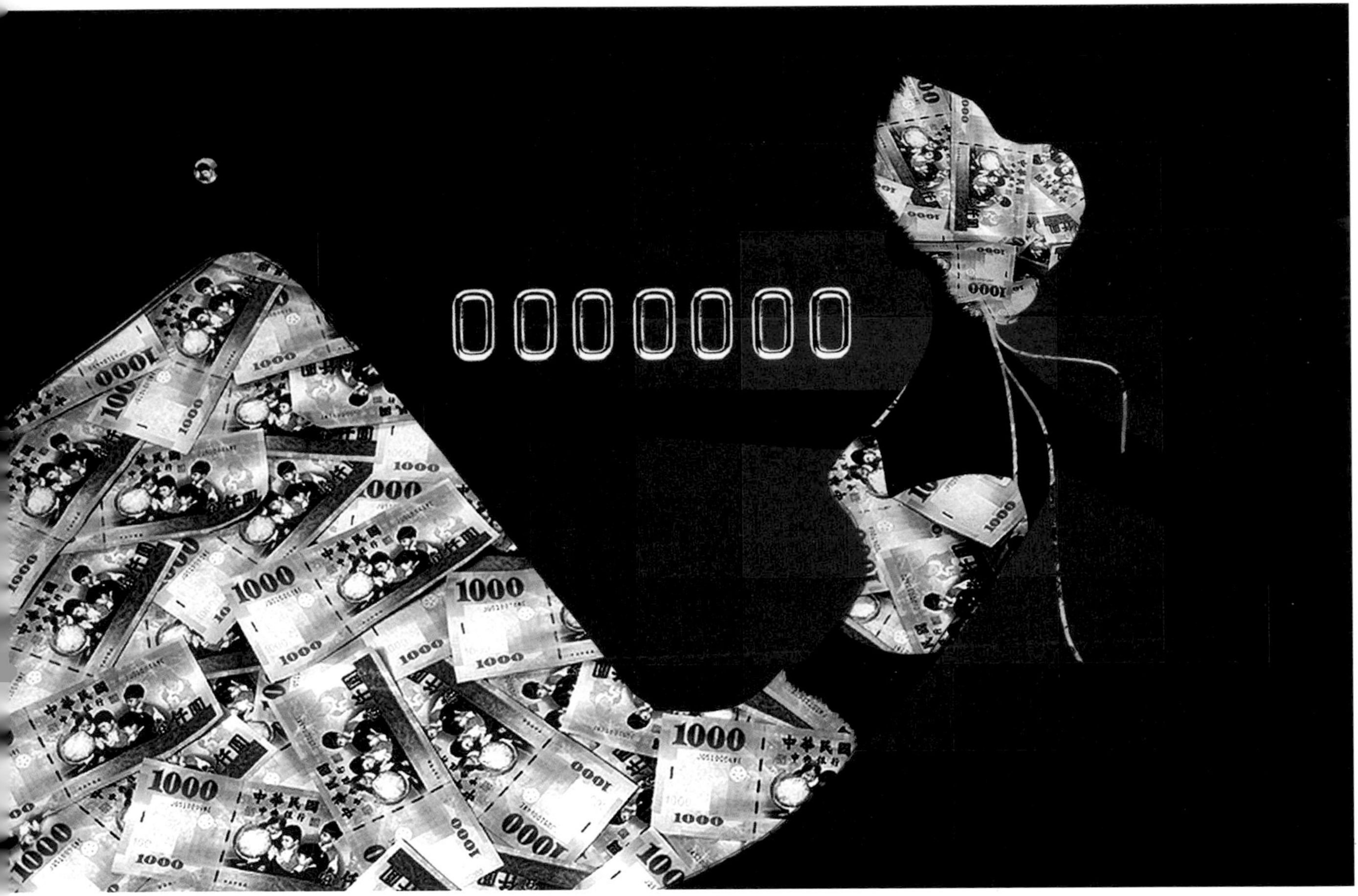

鈔 現 實 主 義

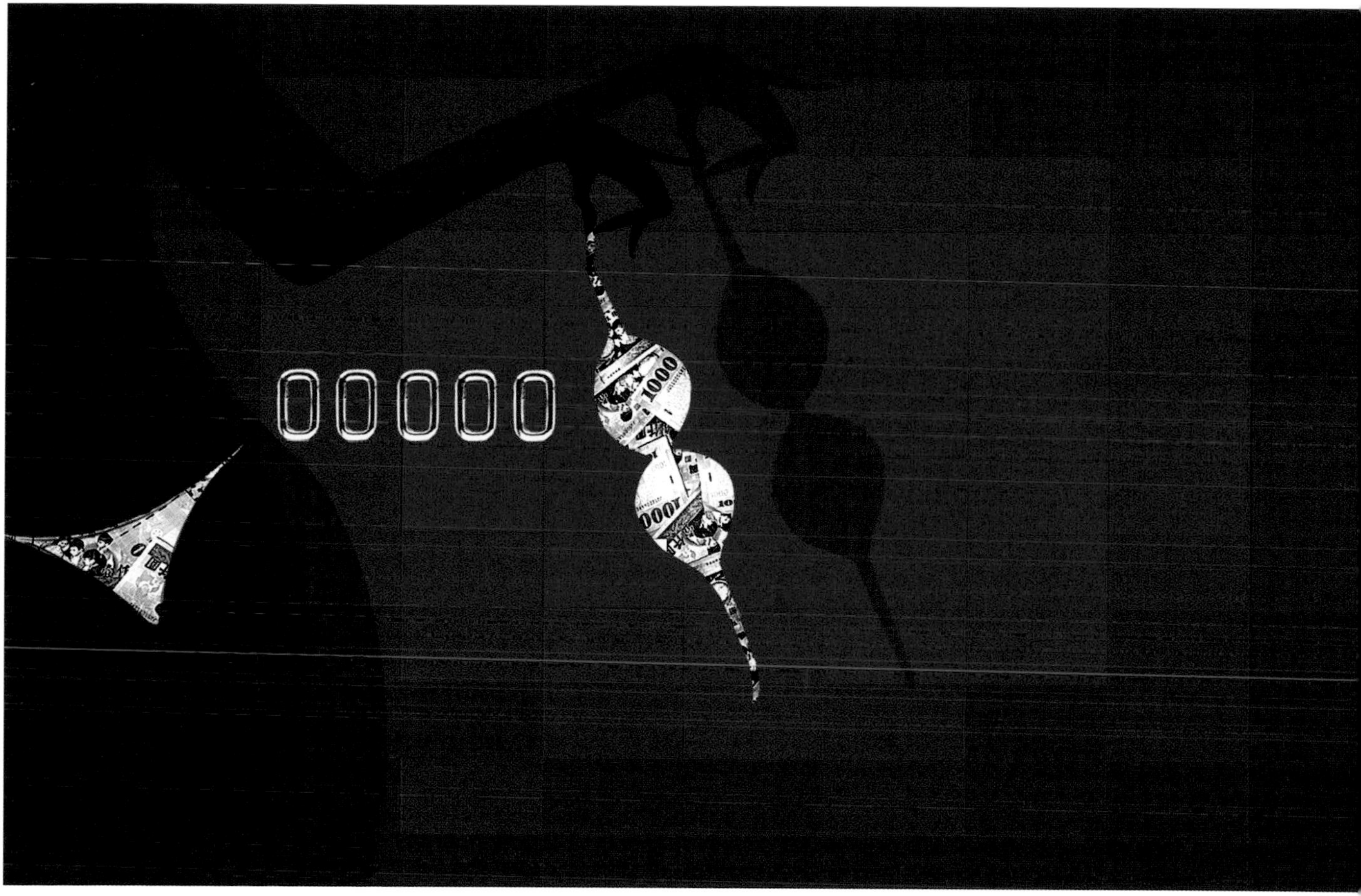

有卡刷，就喪失了眞鈔概念

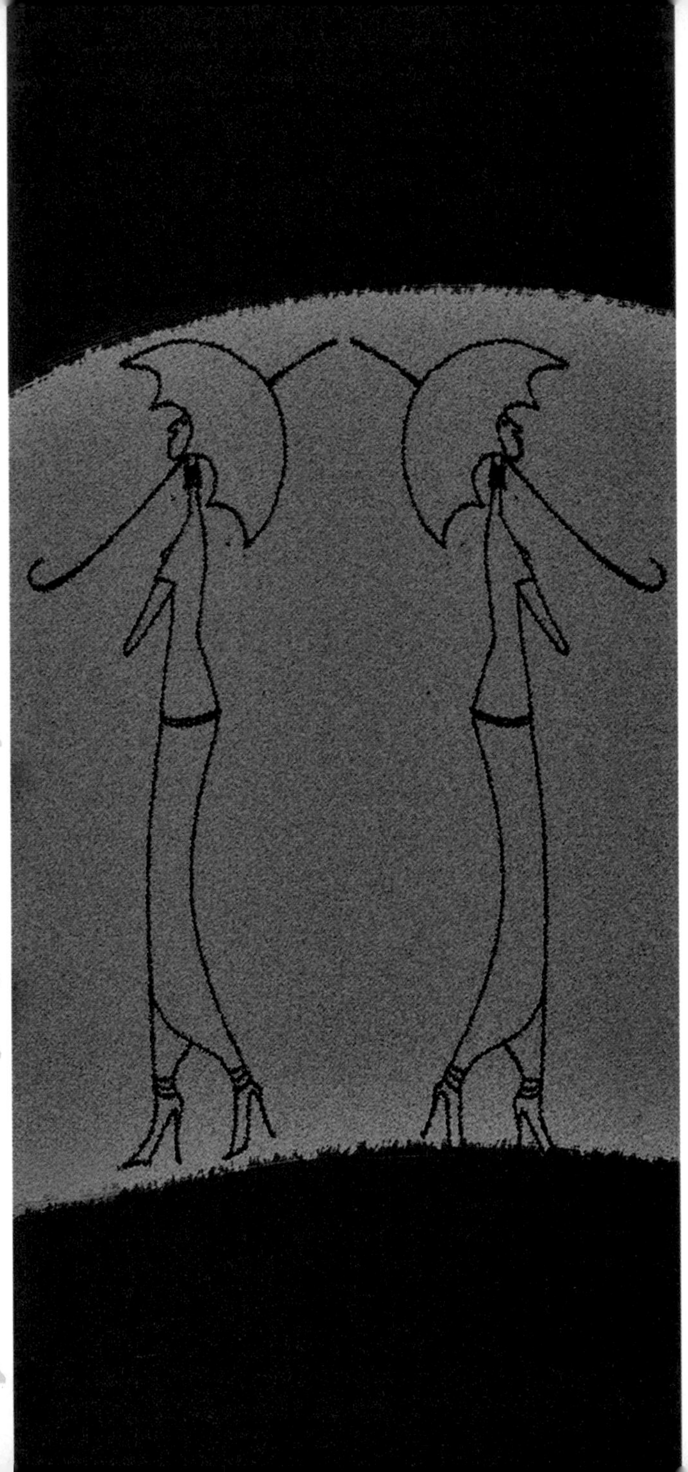

告訴自己不能再買了

開心的時候，買個東西犒賞自己一下

提案過了，買個東西慶祝一下

加班到天亮，那就等10點百貨公司開門，買個東西安慰自己一下

自己在路上走著沒有人陪，想到我iPOD的外套也該換一下

下雨了，我被濺了一身，那就買一生吧

告訴自己Y's，再買該斷手

可是義肢也要選好看的

我說買東西有一股快感
趕快買東西
買東西要趕快

我媽老是說
鞋子還沒壞
爲什麼還要買
電腦還能用
爲什麼還要換

後來我跟她說
鞋子還能穿
可惜我不愛
電腦還能用
可是跑不快

你說我享受付帳的快感
祝您消費愉快

累犯機率 **80%**

累犯機率 **90%**

累犯機率 **100%**

請各位女士依真實案例真情使用■我再也不……照樣造句：

範例1. **我再也不打電話給他了！** 範例2. **我再也不吃甜食了！** 範例3. **買完這次我再也不買了！**

不停的花

不看標價

不聽店員的狗屁話

以 上 危 險 動 作　　兒 童 請 勿 模 仿

衝

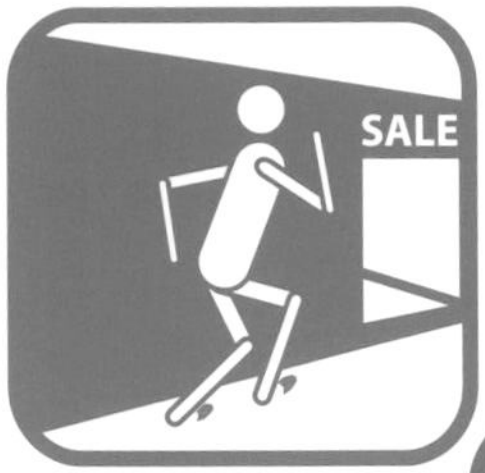

鎖定目標衝上前去

脫

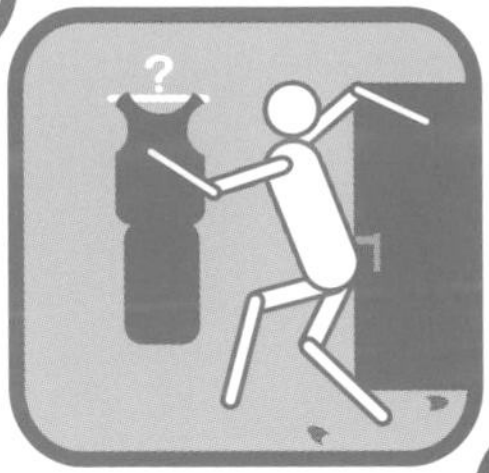

脫掉舊衣試穿新衣

泡在衣堆裡

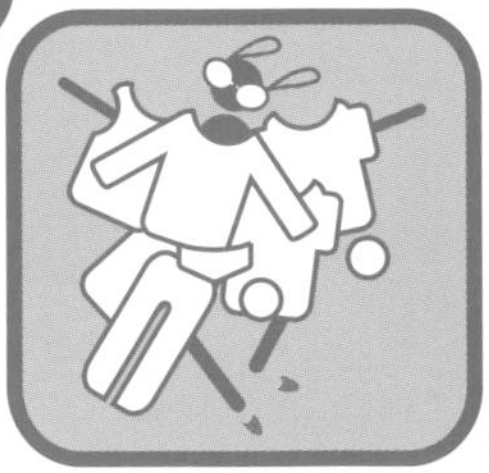

蓋

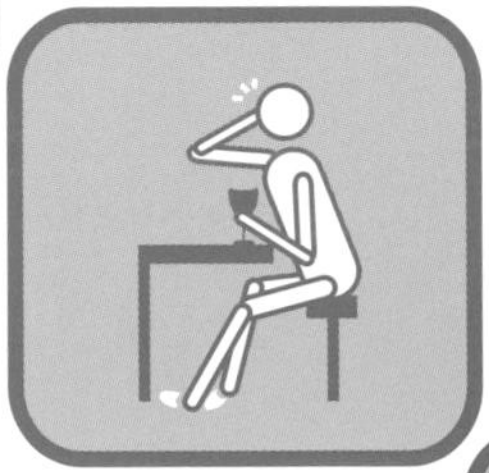

跟朋友臭蓋來龍去脈

送

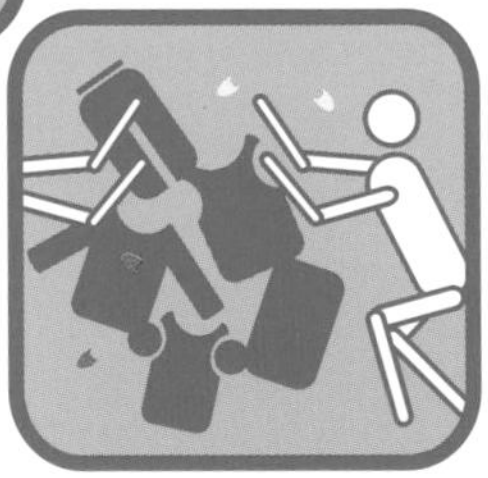

膩了就來大FUN送

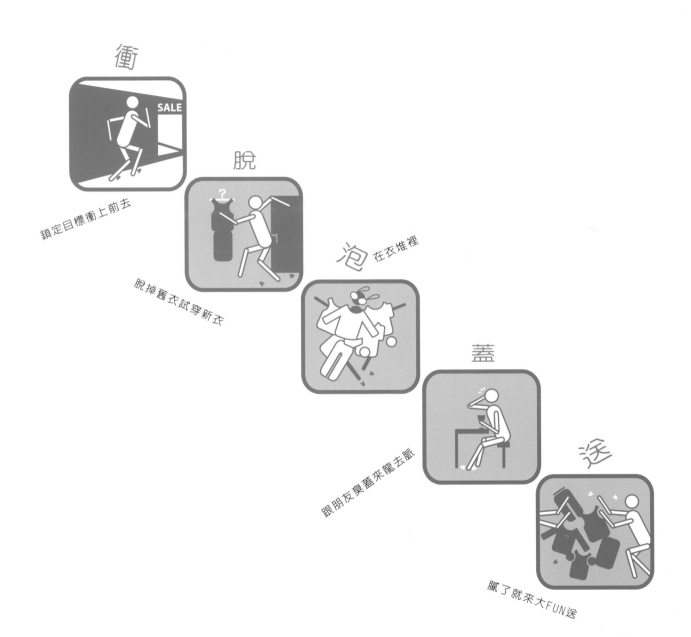

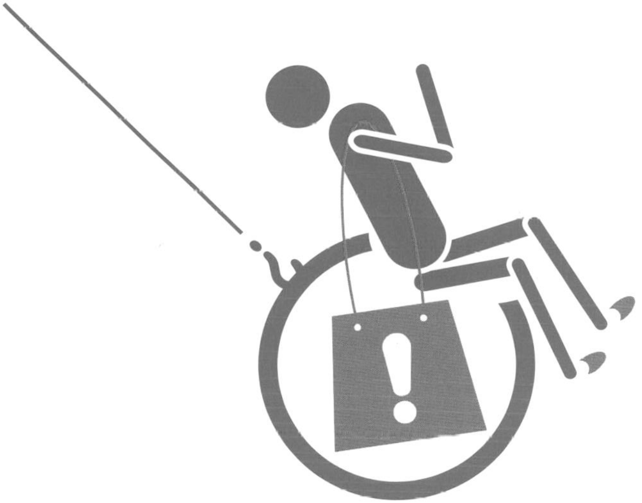

注意：費衰竭

那天我問她

妳爲什麼不能穿的普通一點？

她說

長得已經夠普通了，我眞的很怕有一天被蒸發。

一次賣斷

因爲我討厭跟妳撞衫

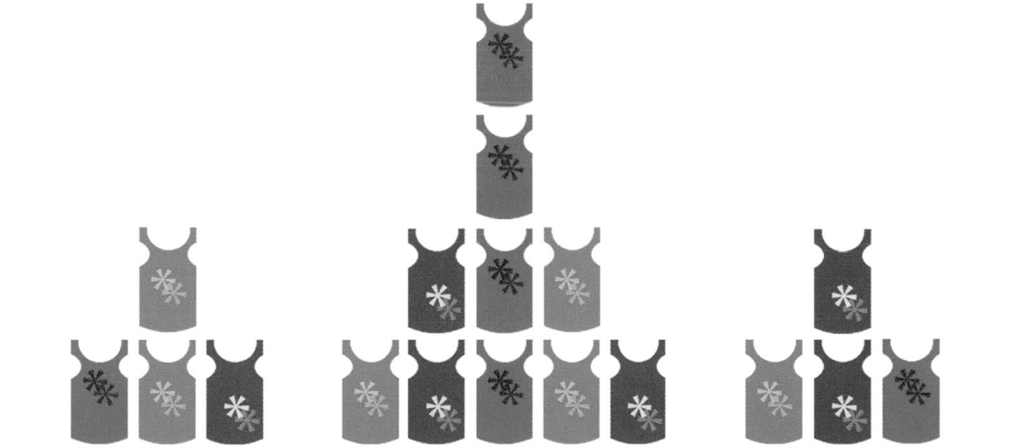

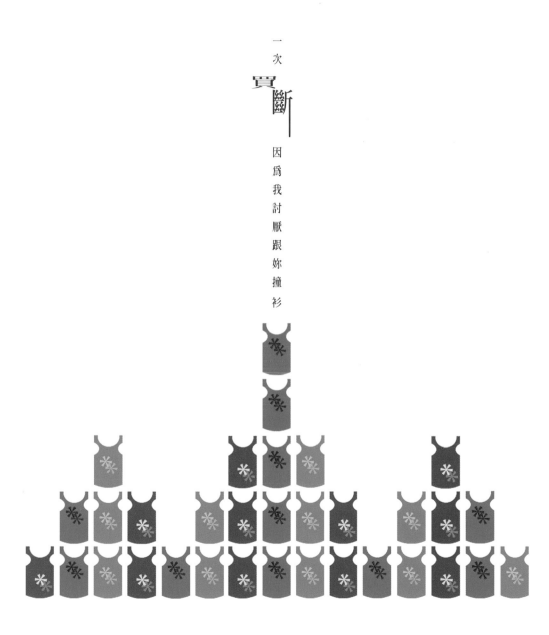

衣山不整

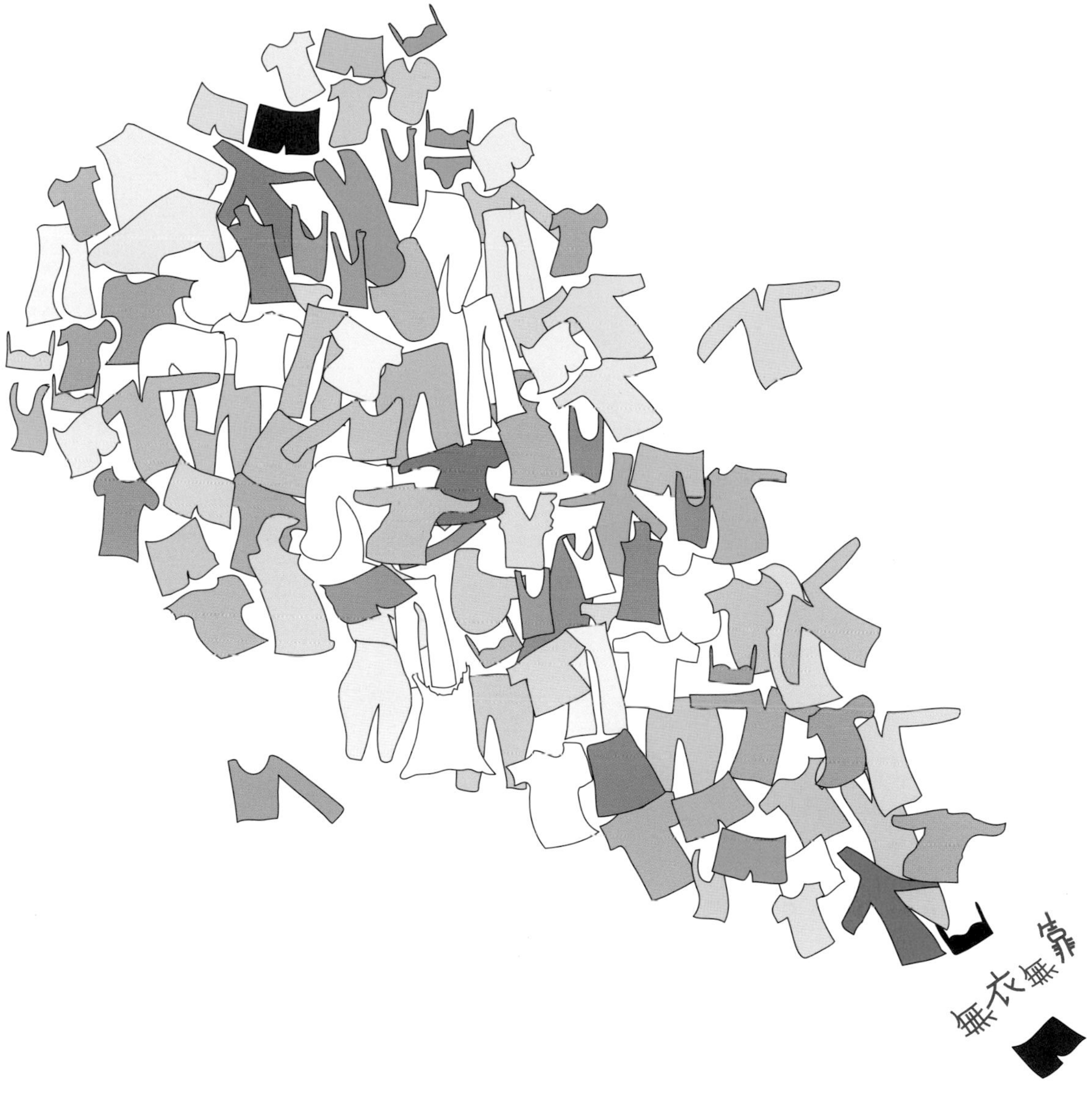
無衣無靠

衣衣不捨

Grace Tsou
缺衣不可

為什麼女生每天都要換不同的造型

就如同男生不會喜歡每次都用同一種姿勢做愛是一樣的道理

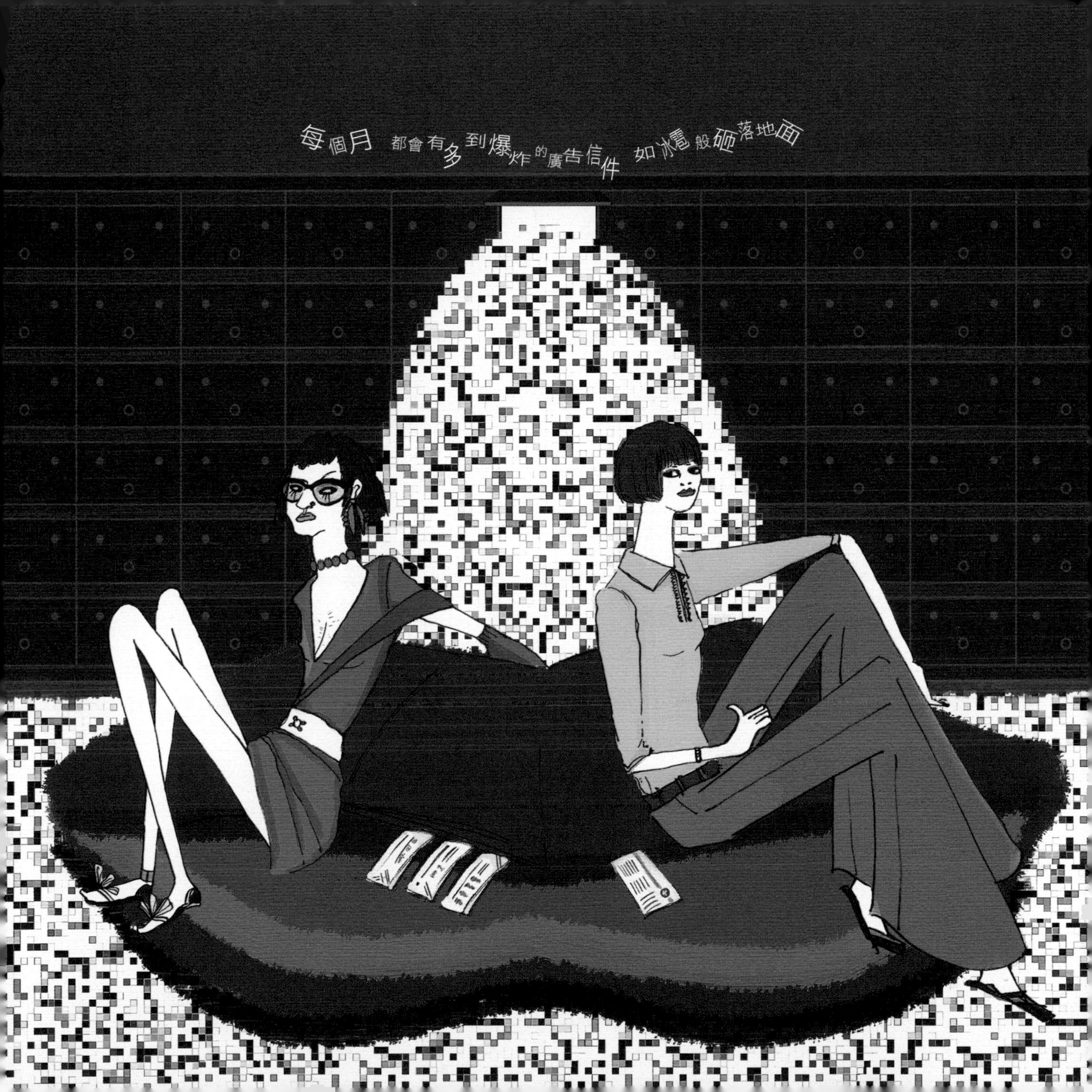
每個月 都會有多到爆炸的廣告信件 如冰雹般砸落地面

顏
惑
令
色
困
妳
很

來來來　買越多　中獎機率越高喔

生理學家調查　女生的性亢奮要比男生來的慢
往往需要有足夠的溫存　才能將其激發

機情 令人難忘

學習語言
是｜為了到更多的國家消費

女生到底在想什麼？

男 生 夏 天 耐 高 溫

女 生 下 雪 也 不 怕

男生粗獷的牛仔褲襠裡
藏著許多女生昨夜的祕**密**

打扮　是因為尊重我們的約會 所以請你再等一下下

根據調查發現：在男生眼裡，兩者造型並無不同。因爲男生天生著重大方向，女生天生偏愛小細節。

關於好色

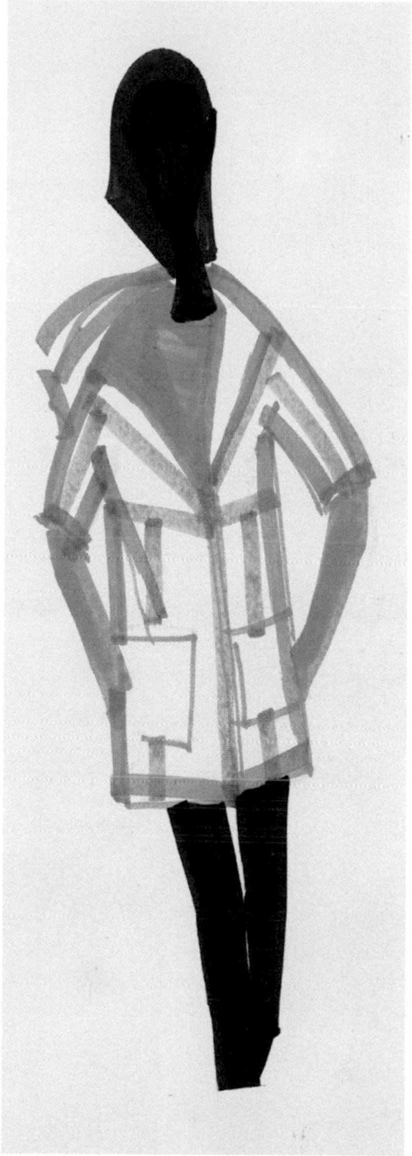

女生其實比男生資深

不修邊幅的男人類
才算是真正天生麗質

她很容易被 中看不中用 的東西所吸引 嗯 也包括她的 LOVER 在內
Grace Tsou

有些女生只是天生就愛穿的惹火　並不表示你可以毛手毛腳惹火她

EXTINGUISHER

“勿玩火”

在某些場合裡
男生
更需要扮演好
護花使者
的角色

不過花花公主
也會有遇見花花公子的一天

提醒您

愛上 無忌 與 花無缺 之前

興奮之餘，請先查明二位的負債底細以策安全

你說
如果有一天
我變醜了
還是會很愛我

許母獨自在家幫兒子帶小孩餵奶
沒多久媳婦白素貞宣告無罪釋放
2006許式夫妻搭機到上海歐式餐館開香檳慶端午
無奈白素貞爆料
因為被關了太久體質產生階段性變化
AM1:00~AM12:00 她是人頭蛇身的詭異美人
PM1:00~PM6:00 她是蛇頭蛇身的華麗蟒蛇
PM700~PM12:00 她是蛇頭人身的超級辣妹
浪漫的燈光下許先生說
真愛總是要等到失去了才能體會
素貞欣慰的以為從此就會快樂幸福
不料許先生終究還是受夠了蛇吻
學著台商包二奶
至於孩子的監護權
用膝蓋想也知

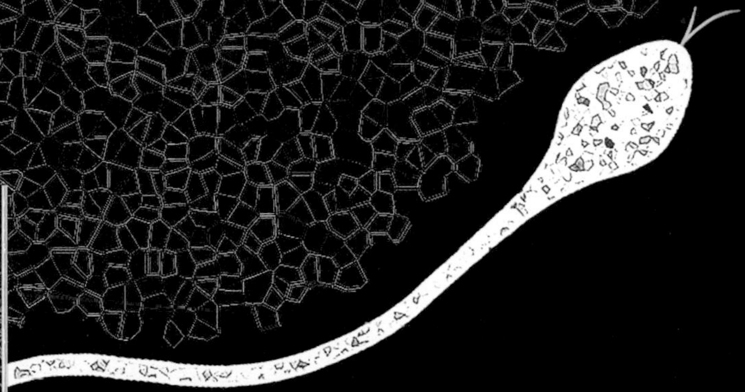

蓄意傷害）

What is Love?

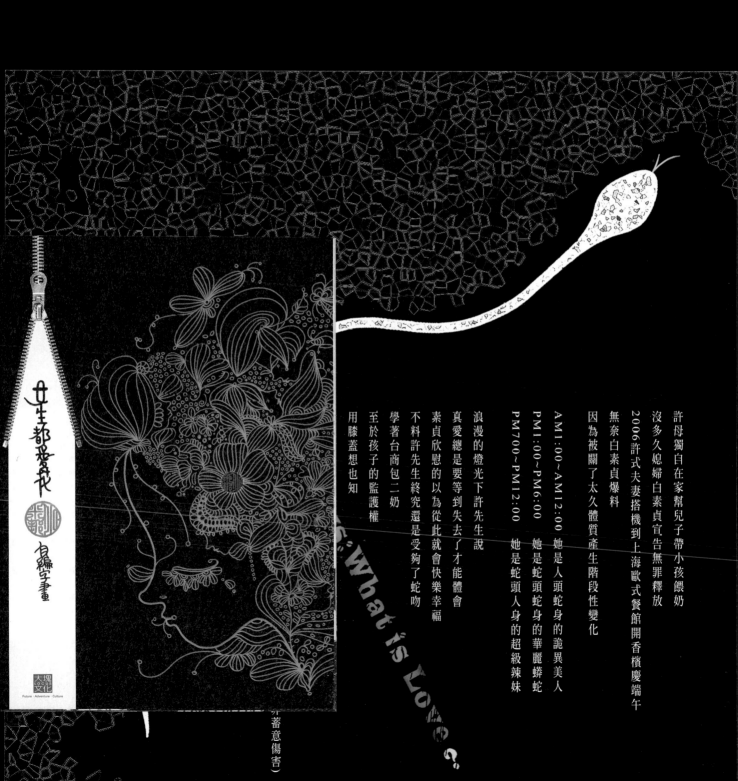

●AM1:00~AM12:00 臉部美白去角質　●PM1:00~PM6:00 練瑜珈睡美容覺　●PM700~PM12:00 找美人魚夜游談心

男人天生圖美色　女人則嚮往永恆　最後素貞選擇天天敷美白面膜練瑜珈維持好身材寵愛自己一輩子

I LIKE TO TALK TO HER

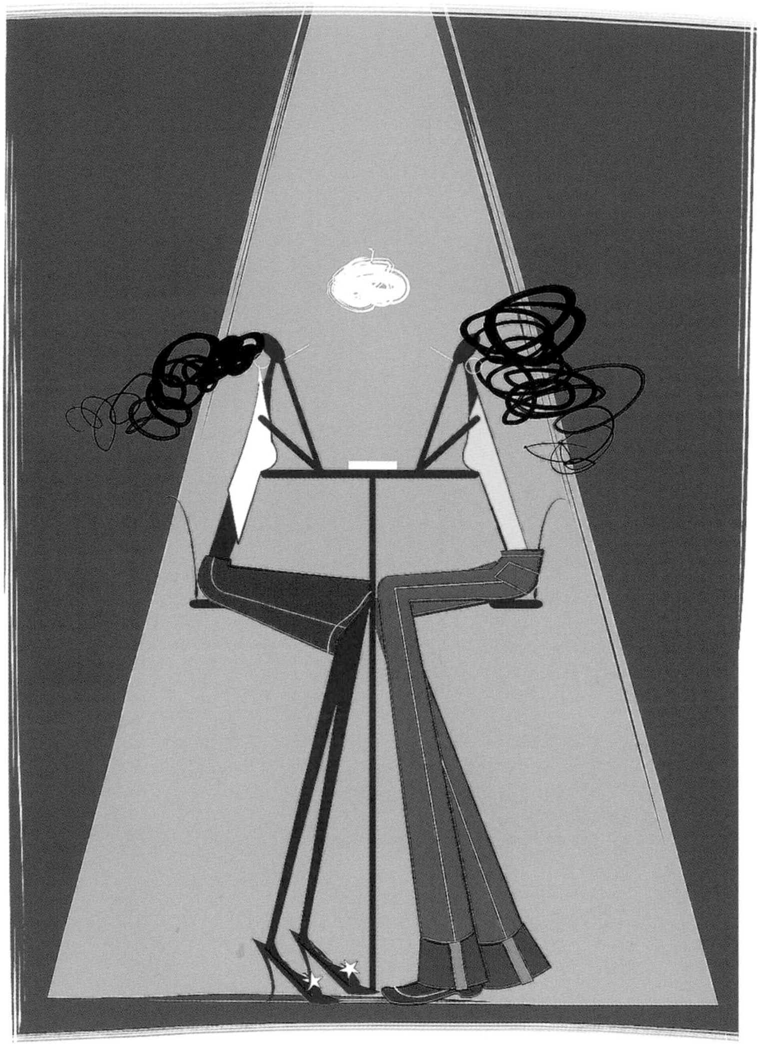

因為 光鮮亮麗 所以接下來 愁雲慘霧

才女和財女的區別在於每個月收到信用卡帳單時的反應

口耳相傳的花

傳說千里眼和順風耳最愛到此地蒐集關於花的一手資訊

好姊妹的生日

送禮自用兩相疑

除了共飲苦水　兼具品味與財力的姊妹花　才能當選年度最佳花伴。

那天她興奮的說 我長大了可不可以跟那個姊姊一樣漂亮？我沒跟她說 那個姊姊沒妳漂亮 不過她很有錢

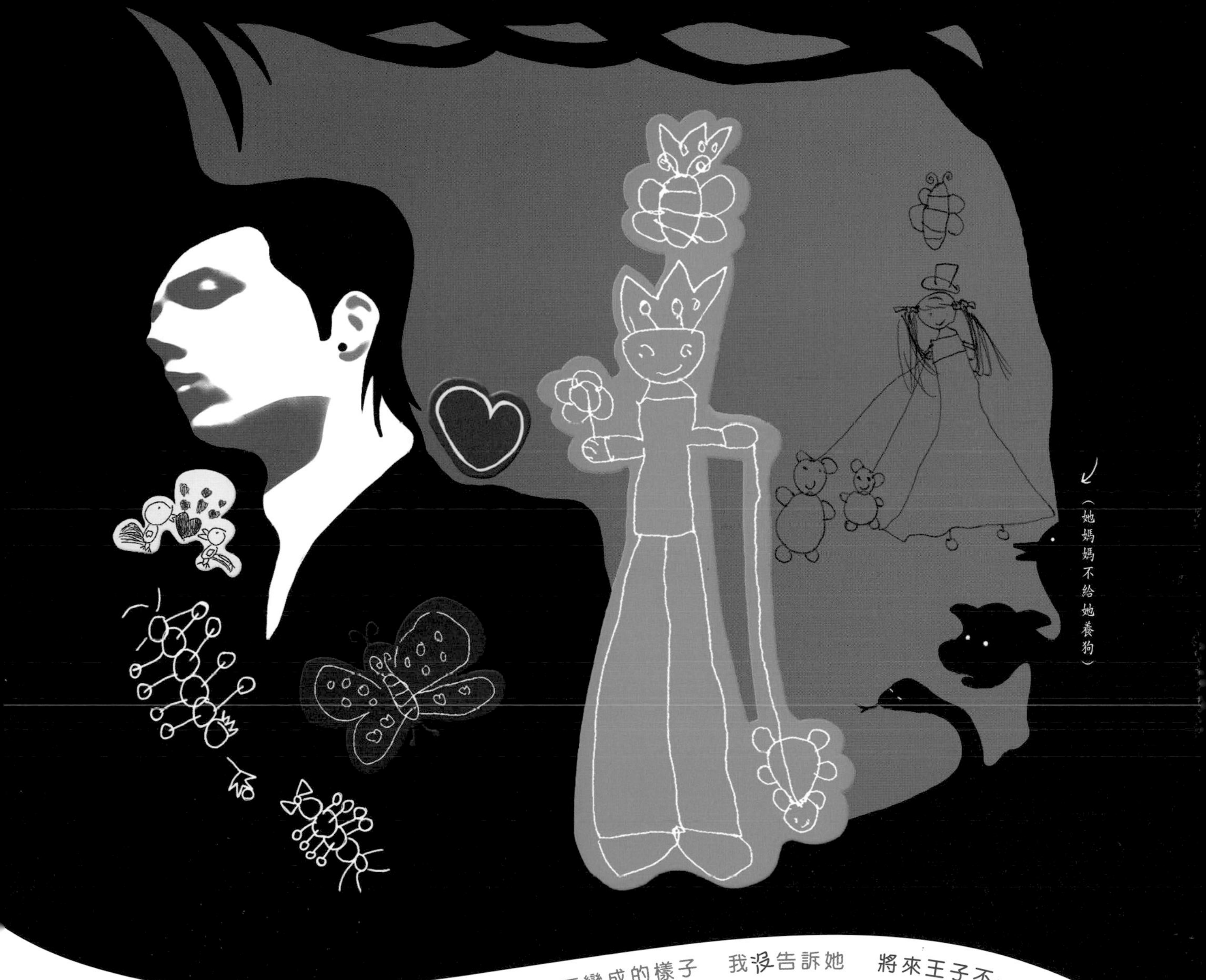

四歲的小姊妹畫了她長大以後想要變成的樣子　我沒告訴她　將來王子不一定愛的是公主

七歲的小姊妹也畫了她長大以後想要變成的樣子　實驗證明　每個女生的心裡都有一位驕傲的公主

關於女生的執著，並不受到氣候因素影響而休市一天，以下，稱之為可怕的「也將花」

下雨了，買把傘。出太陽了，那買支CUGGI的太陽眼鏡……忽然變冷了，那順便買件PRADA的外套。今天風好大，來去做頭髮~~~

（圖爲好友亞傑畫）

深山裡的那個小女孩　衣服是媽媽做給她的
總有一天她會長大　然後進城學習　花

關於女生的花　都去了哪？

我的大腦和小腦
經常爲了花兒爭吵

豐衣足食難兩全

坐在公車後座延長展出時間

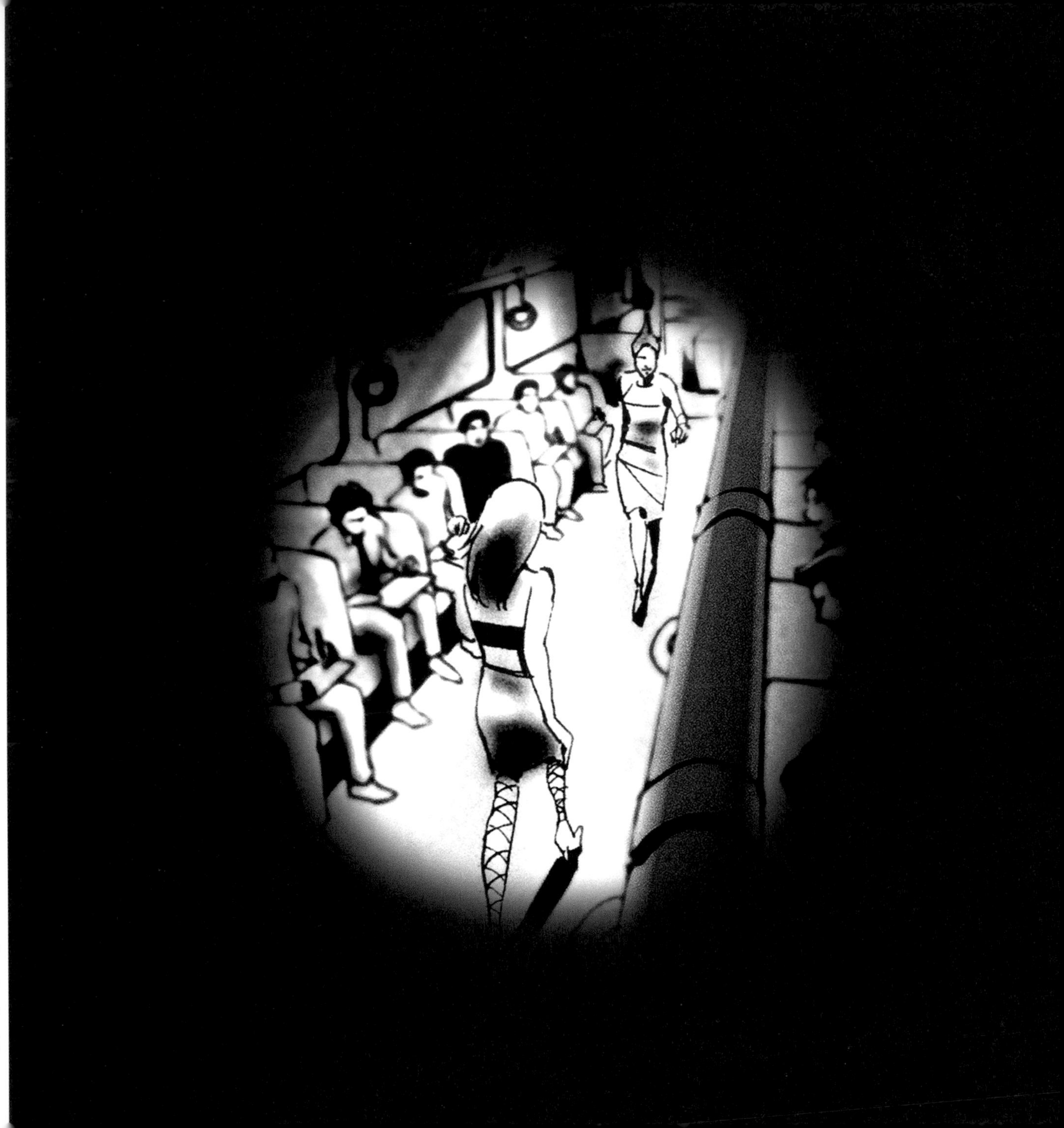

給妳方便當隨便

我也是
千百般個不願意
將它拿出來
剪刀
拿起
放不下
最後決定收起來
這張
放你那
這張
藏他那
分手又是繳回來
心情很亂
刷
一下
心情太好
來
一下
一下一下又一下
帳單來回繳不完

【買一套價格不菲的黑色禮服　獻上對死者的崇高敬意】

【一套價格不菲的名牌服飾對妳而言 是名畫 還是複製畫?】

看　得　到　摸　不　到

O$NO FUNNY
Grace Tsou.

Grace Tsou.

察顏觀色

・這是一個由大量色塊組織而成的世界・從礙眼的垃圾到美麗的藝術品・從不同的光線到極度黑暗的世界・而人的本身就是一個最特殊的彩色體・

（在女生 更換 的物品數據調查中顯示　窗簾布　倒是沒有換的很勤勞）

有些女生對於外表看不見的地方有著（省極情節）戀愛前＆已婚後狀況明顯惡化

UPrising

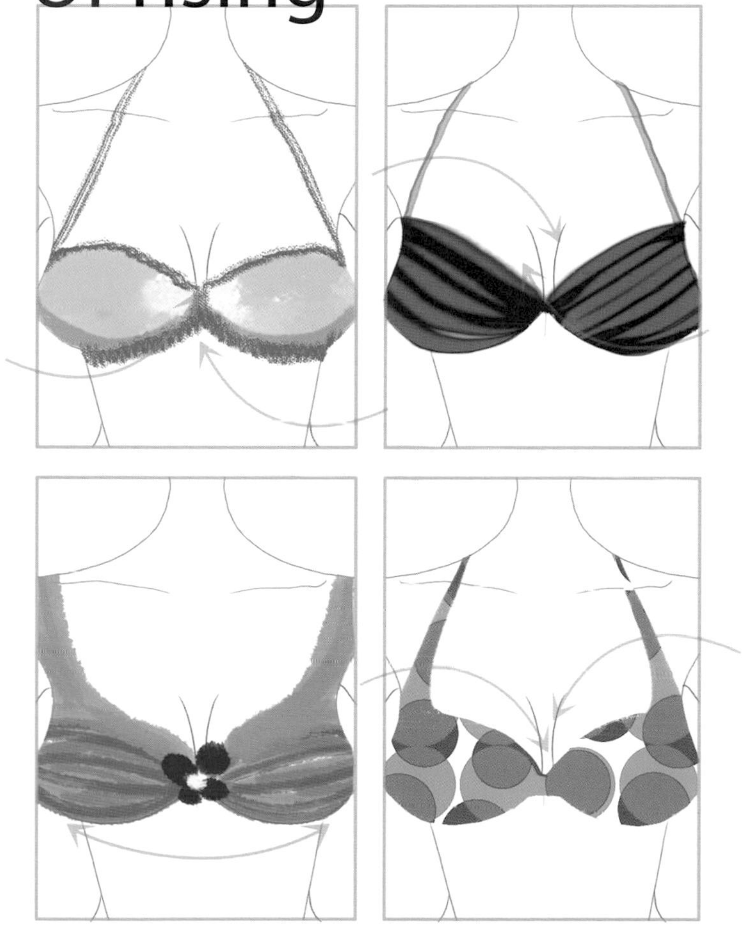

要花多少的錢，才能提升內在美？

據說 新世紀的有為青年 經常為了〔亮麗而為〕所欲為

UPrising

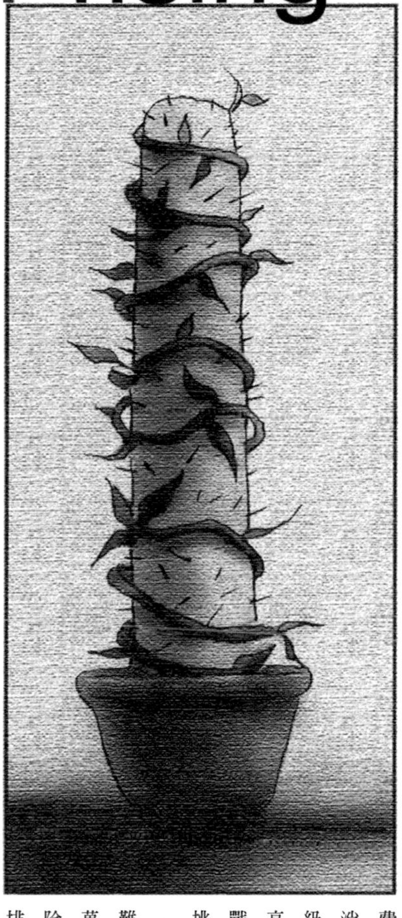

排 除 萬 難 · 挑 戰 高 級 消 費

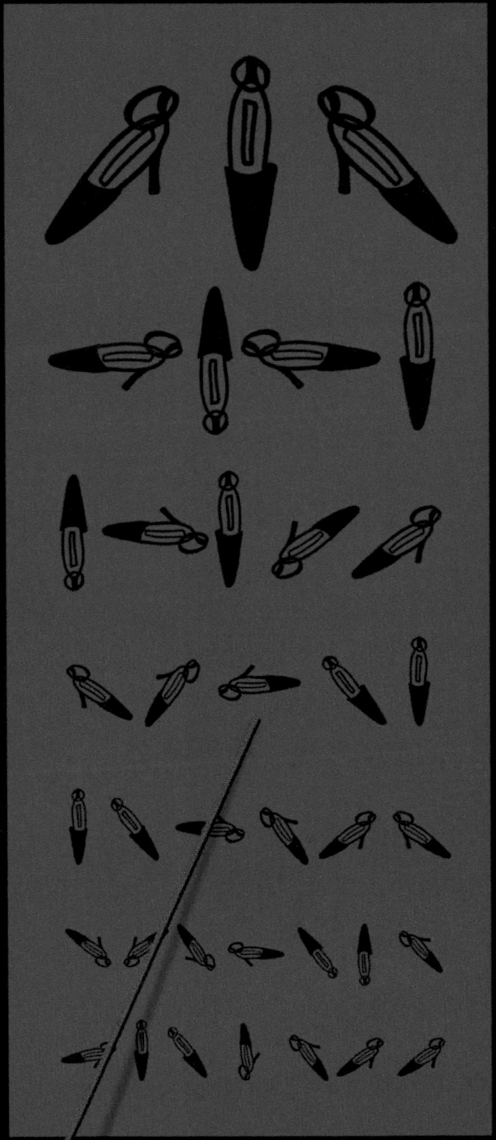

〔小姐妳的勢利眞好〕

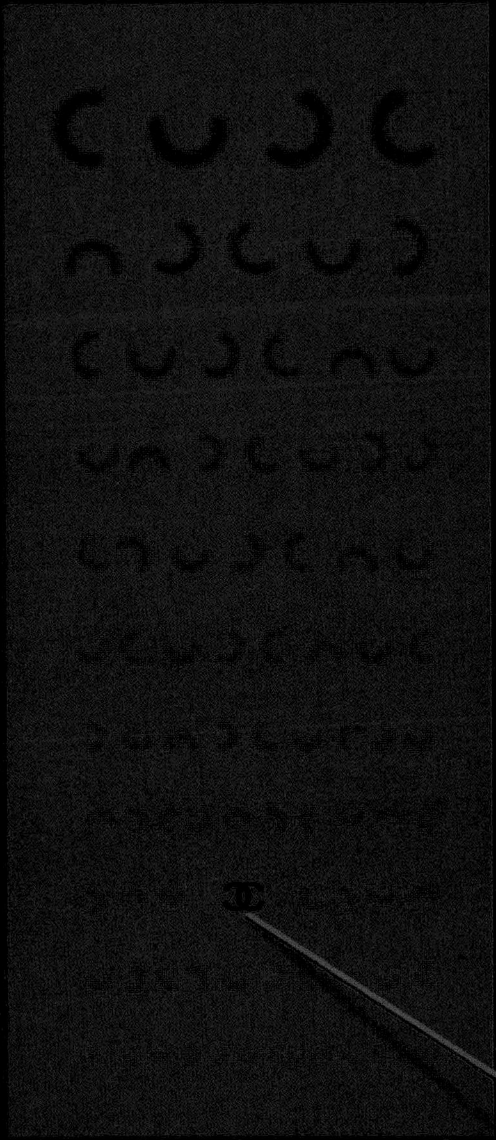

今年流行什麼顏色？

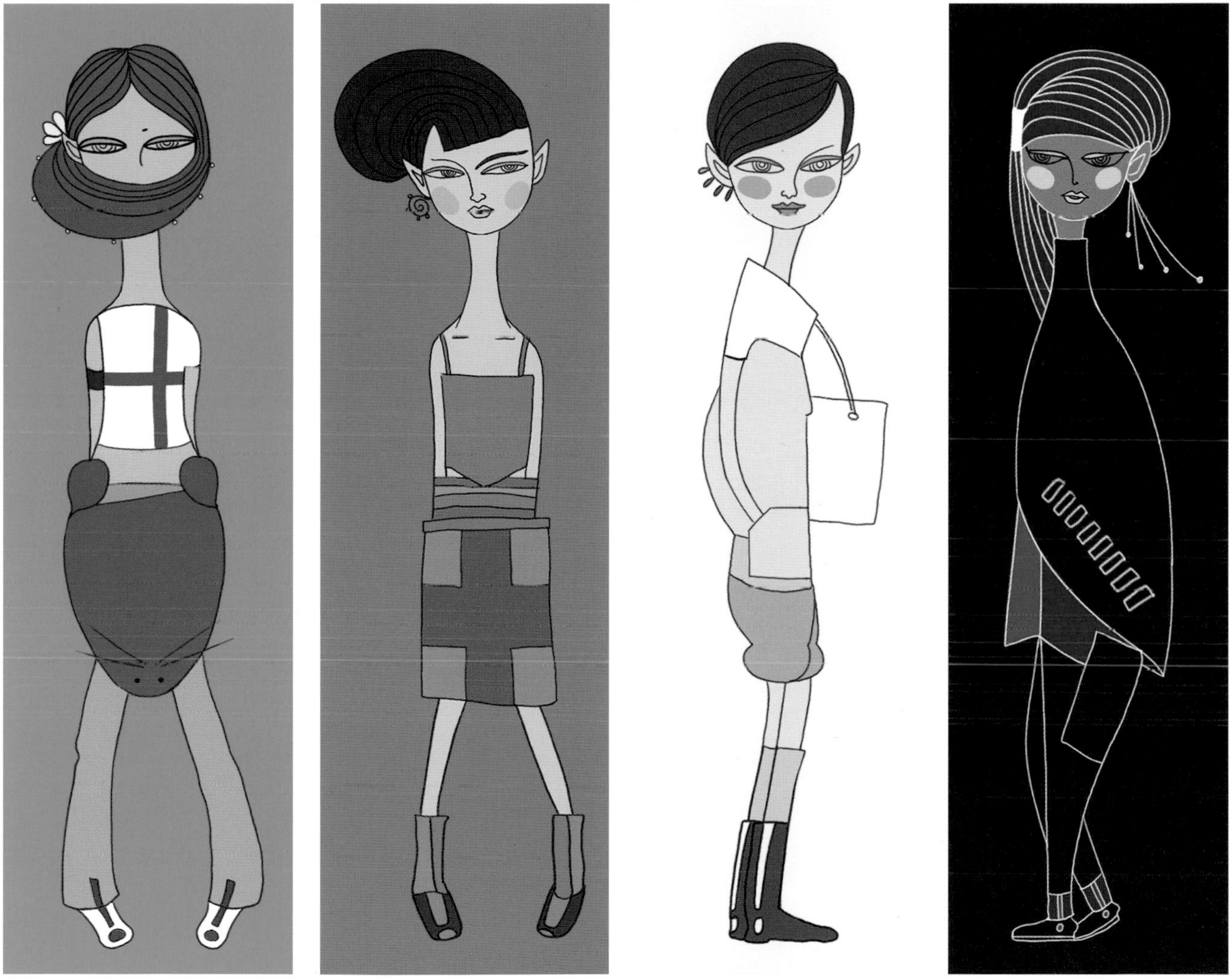

沒有所謂的流行顏色。顏色只是表現形式，對於流行妳自己應該要有看法。

（好不容易妳的左手終於抓住了右手　無奈妳的雙腳卻已經走上前去）

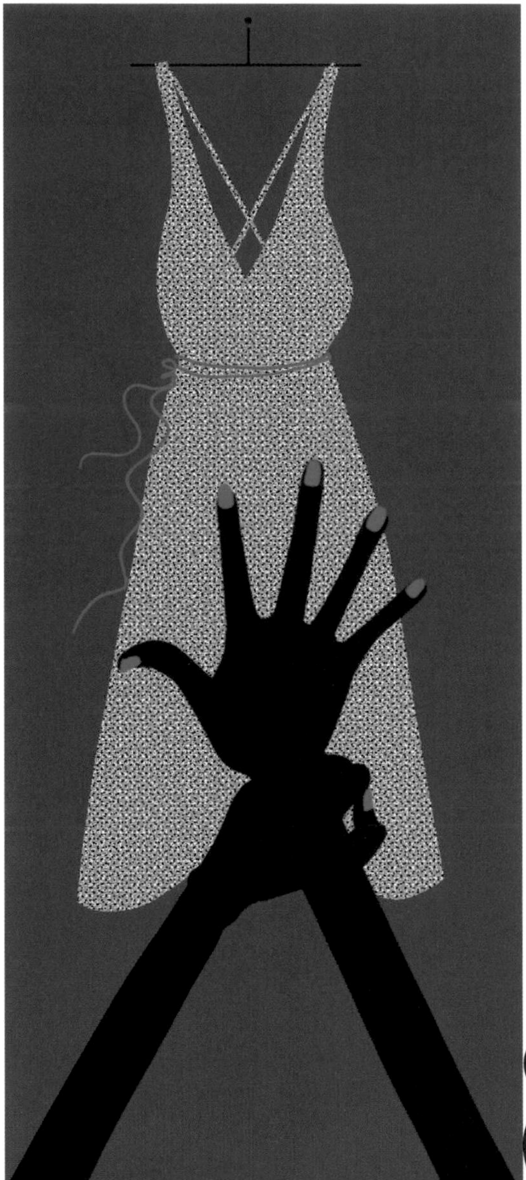

購不購購不購購不購購不購購不購購不購購不購購？

ok Go!

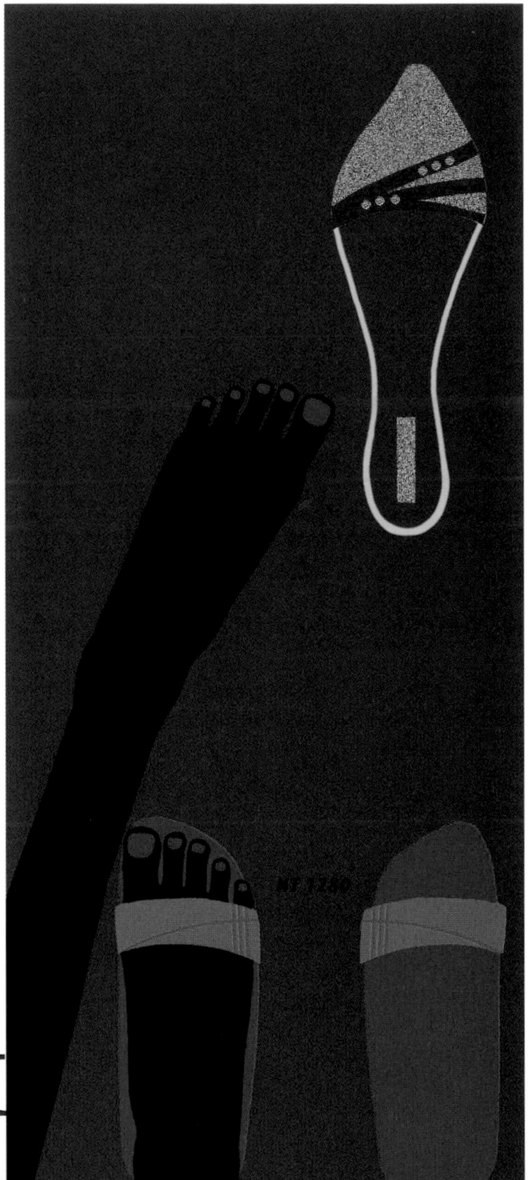

（總會有一隻不聽使喚的腳　老是愛跟妳的荷包唱反調）

... Excuse me ...
名 花 有 主

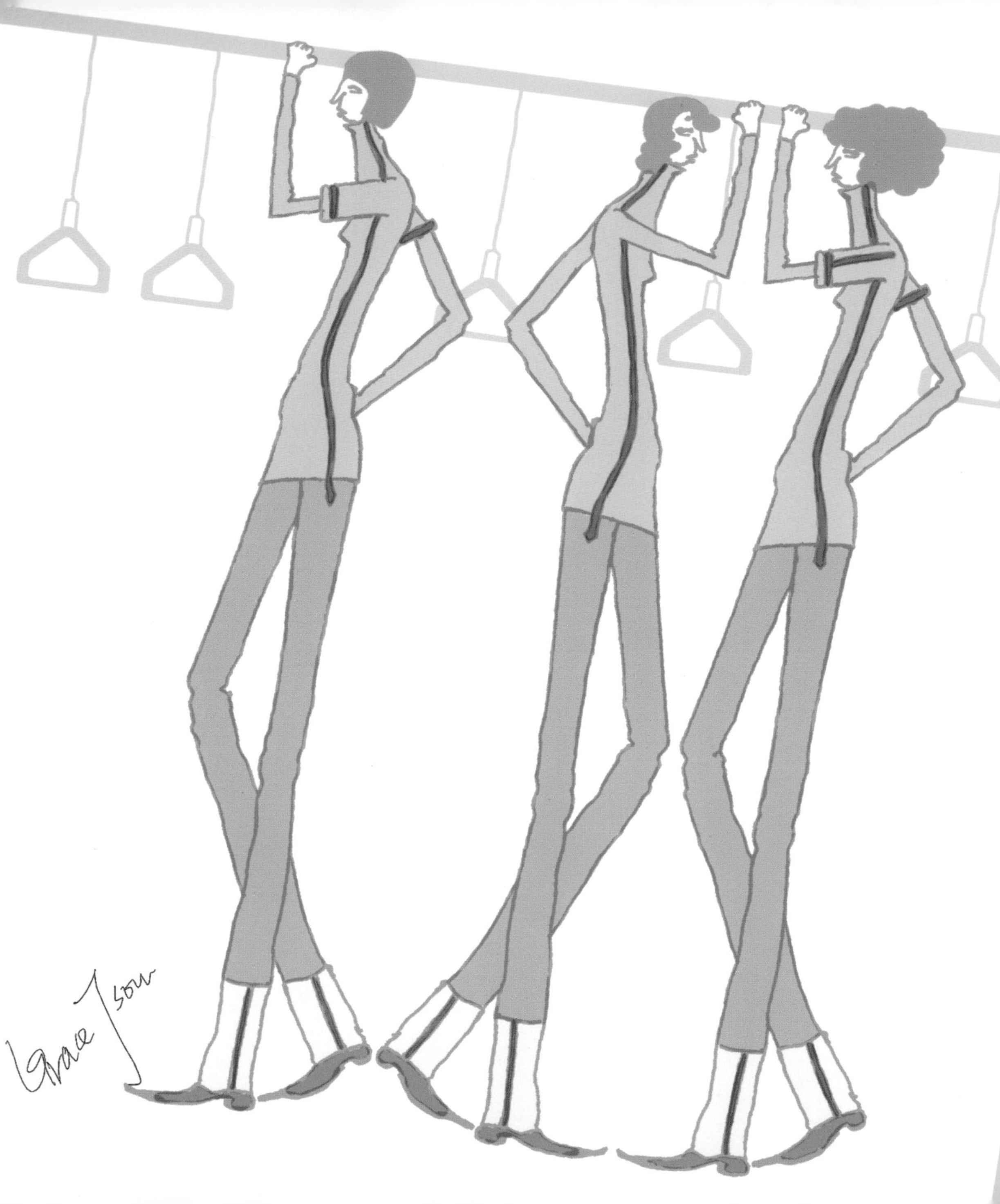

名模其實也有眼高手低的時候

提醒衛生署警告標示應改為
未婚女性吸菸易導致胸部

她說：等萬一萬一萬一萬一萬一萬一萬一萬一萬一萬一萬一萬一萬一萬一萬一萬一萬一有了再○戒

妳可以在她面前不上妝
卻不能在他面前勇於
卸妝

每晚睡前卸下
偽妝
明早出門再來一次

如果衣服開始重複厭倦卻又不想再敗家那就找個新公司新男友新環境重

新

開始換

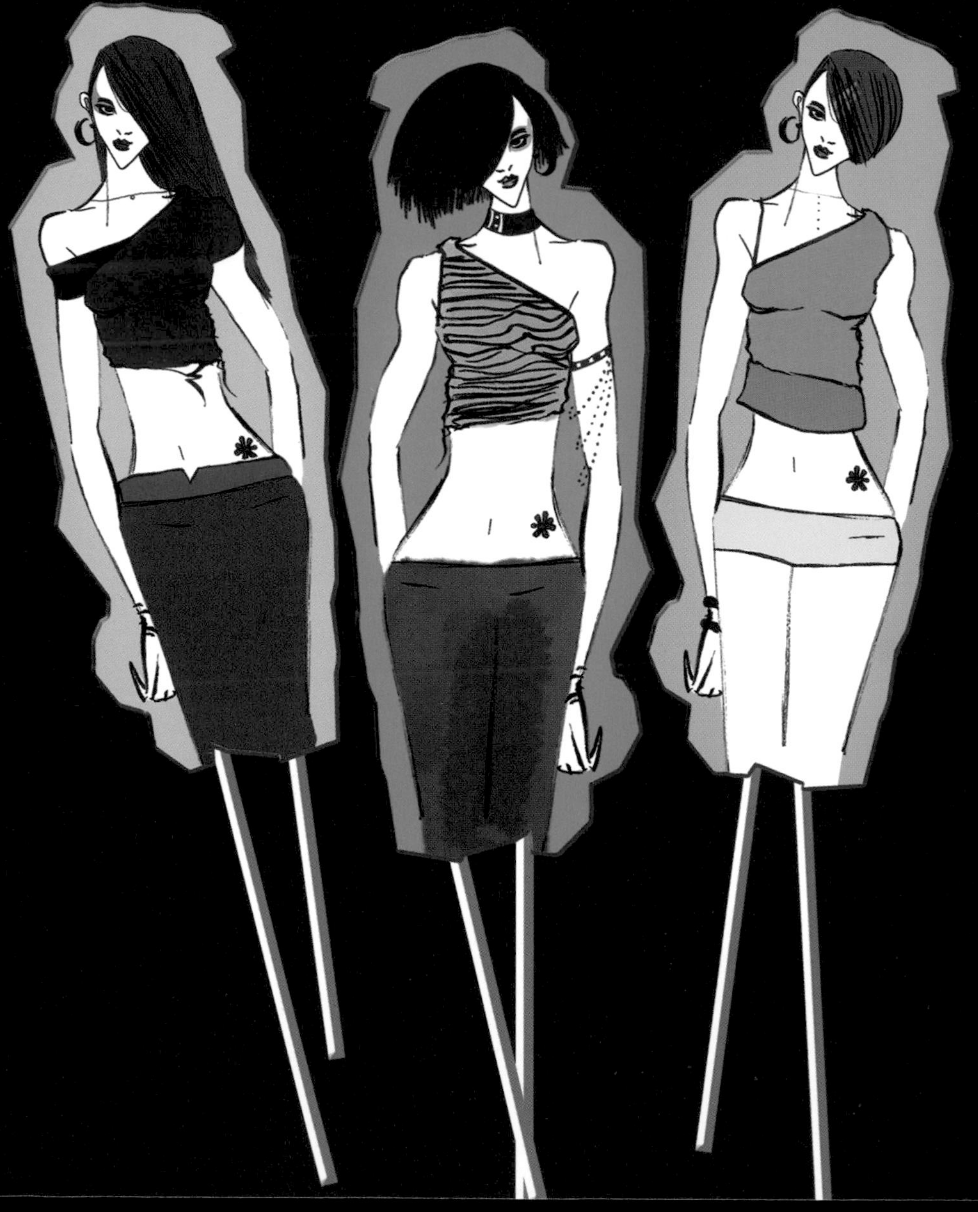

如果公司不能換男友離不開卻又不能再繼續敗那就找個髮型換個新妝重

頭

開始玩

女生又請病假的祕密

Anywhere! Anywhere!
Where?
Where?
Where?
購物天堂?
7
8
6
4
5
3
2
1

天南地北花東西

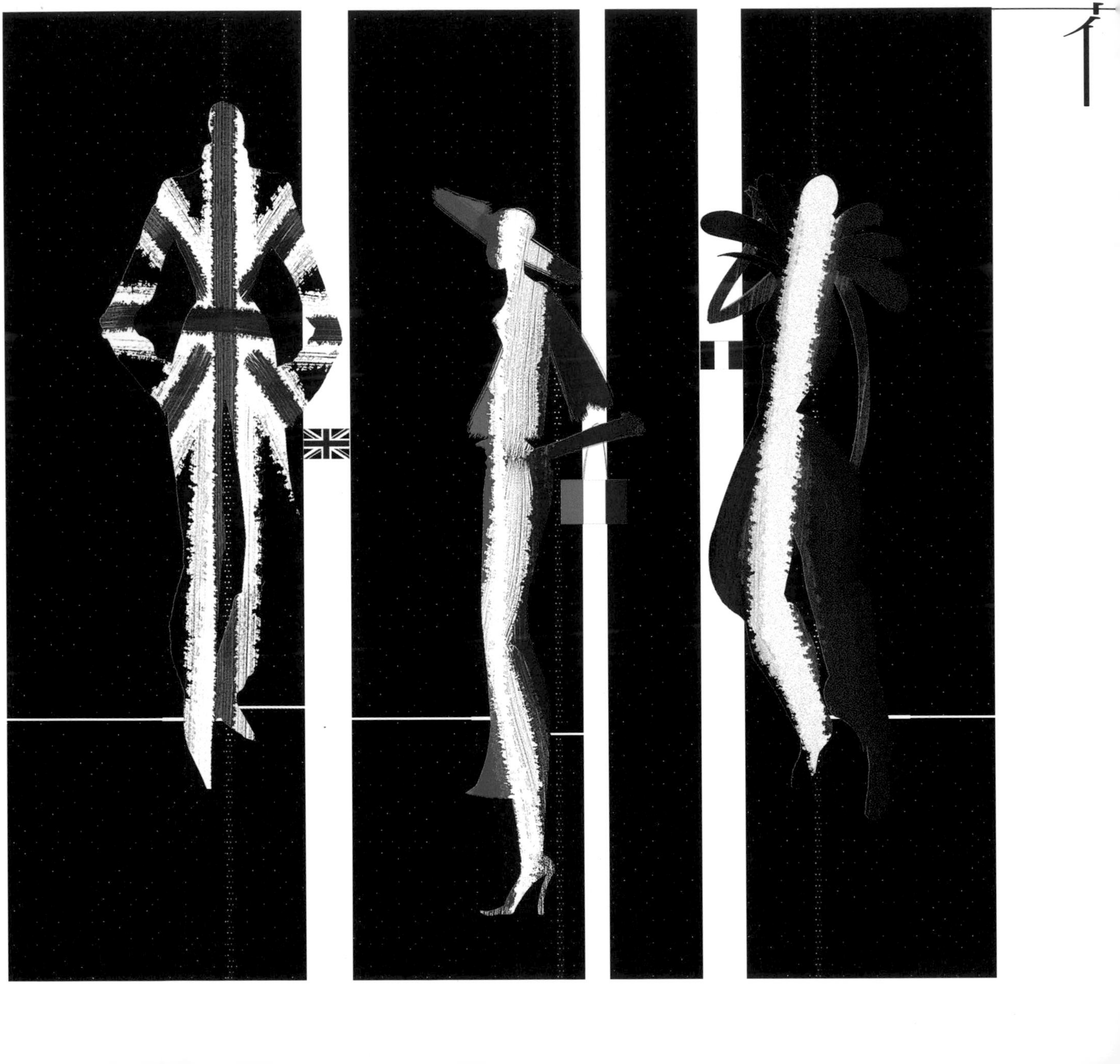

愛什麼風？

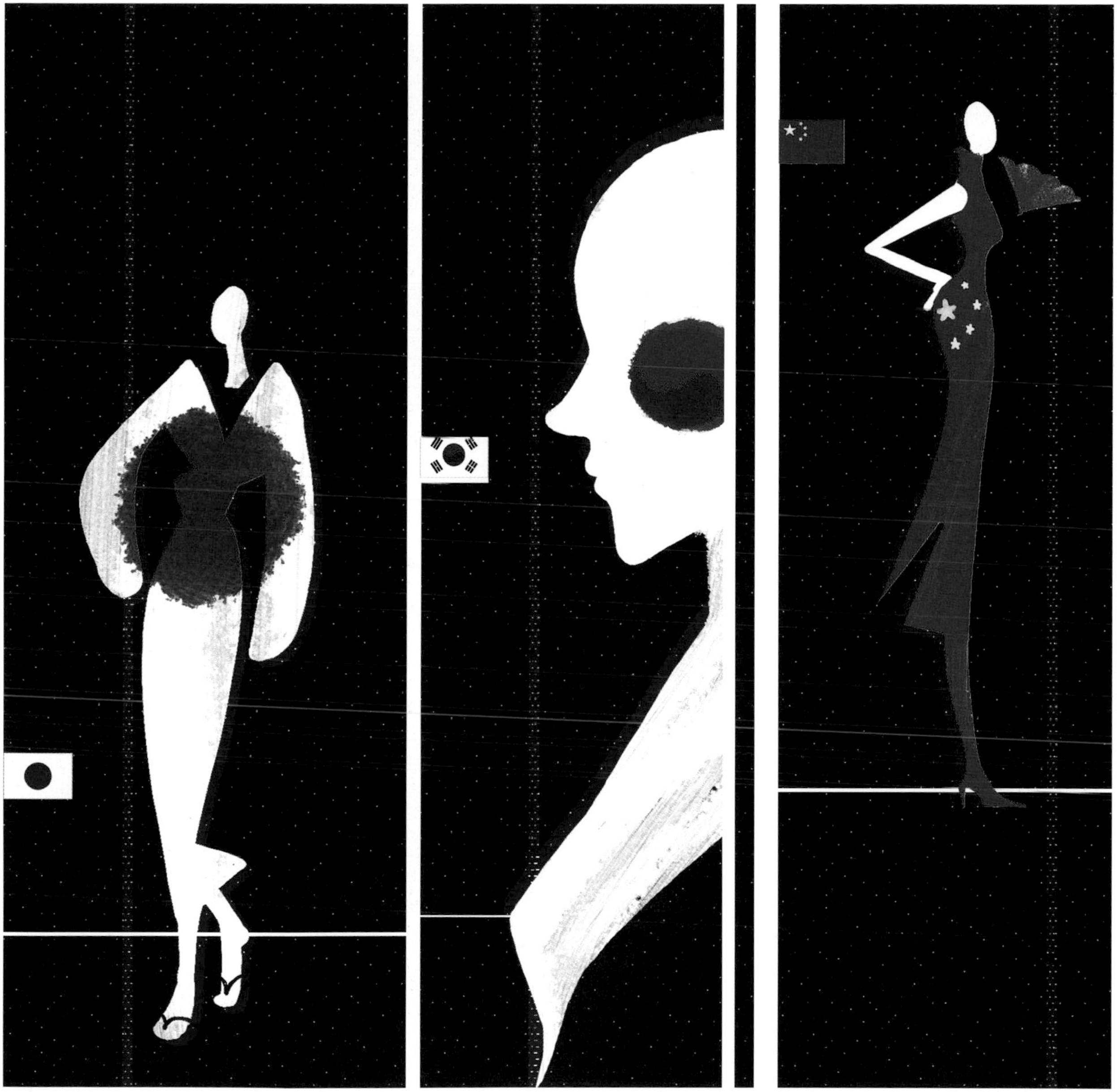

還是愛臺灣

長大後的我才知道 在沒有分辨美醜的能力以前 我們的確都是在搞怪

中國人使用毛筆研究毛髮的過程中發現　長髮比短髮容易缺水　捲髮比直髮容易分岔

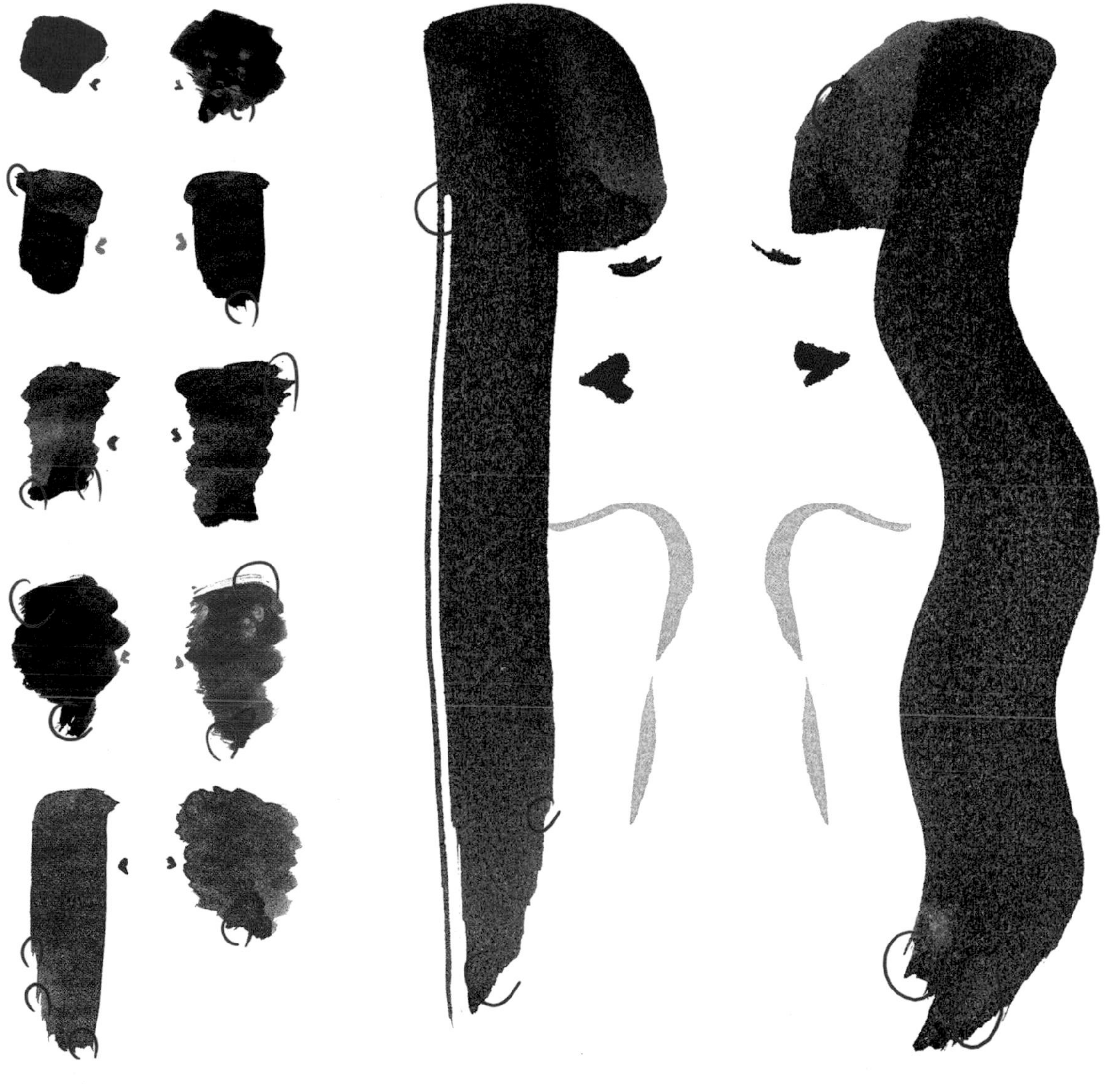

所以當您燙了一顆很貴重的頭　之後又跑去護髮或者是多喝水也是沒有用的

買 更 多 的 CD

都 是 為 了 塞 進 iPOD 裡

白色延長線　還在持續蔓延中

防晒
助晒

視覺傳達瘦臉應用方程式

1

2

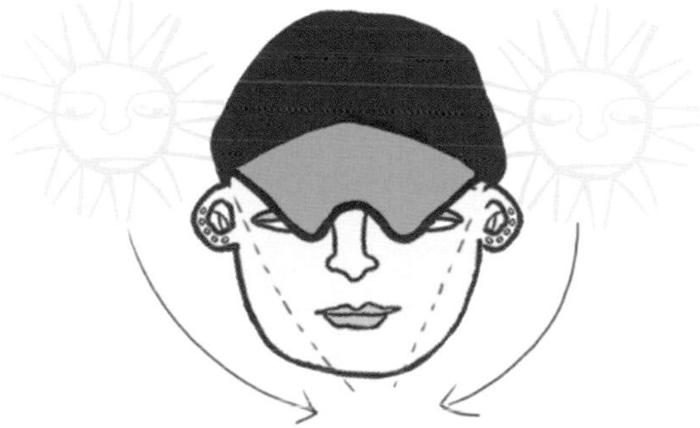

（非本科班出生不建議使用）

3

她沒料到當初最愛的Tattoo居然和自己的發育發生了
●肉體關係●

花錢買　最瘦

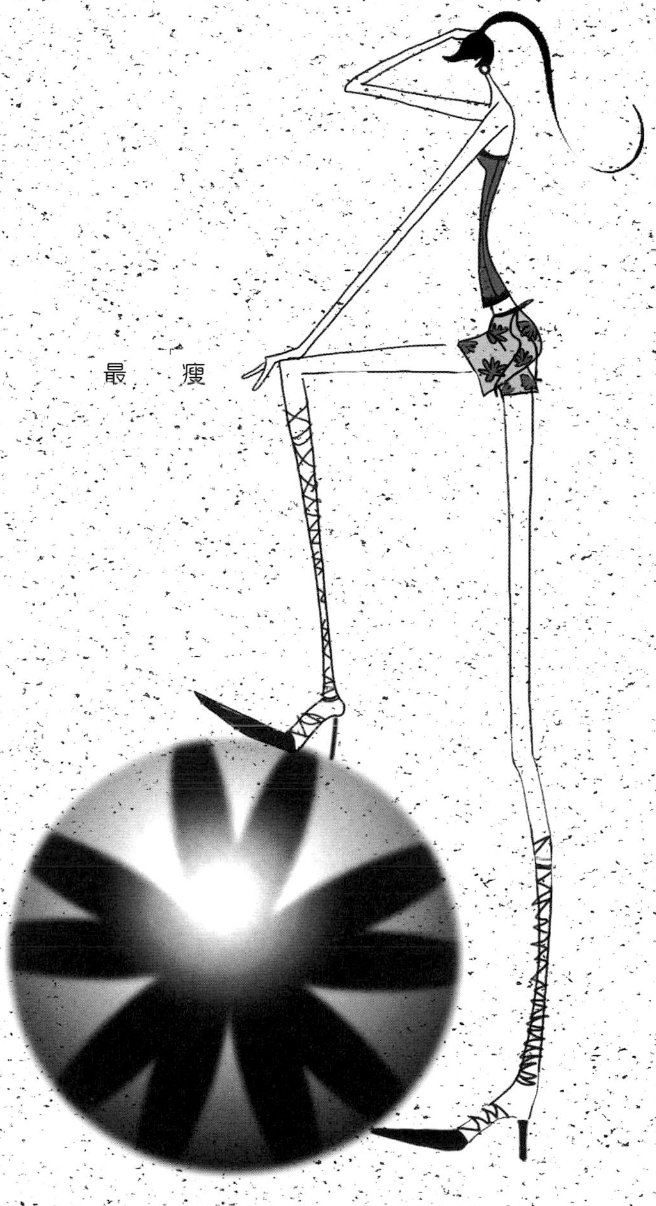

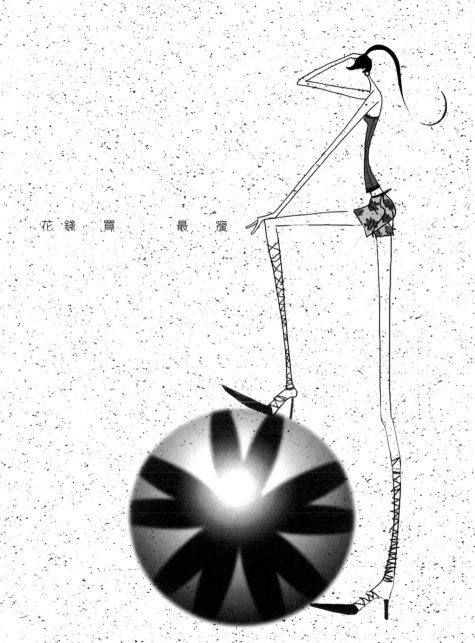

別傻了 有光
的地方就會有斑
長

早在牛頓發現地心引力之前　她就發現自己胸部已經下垂

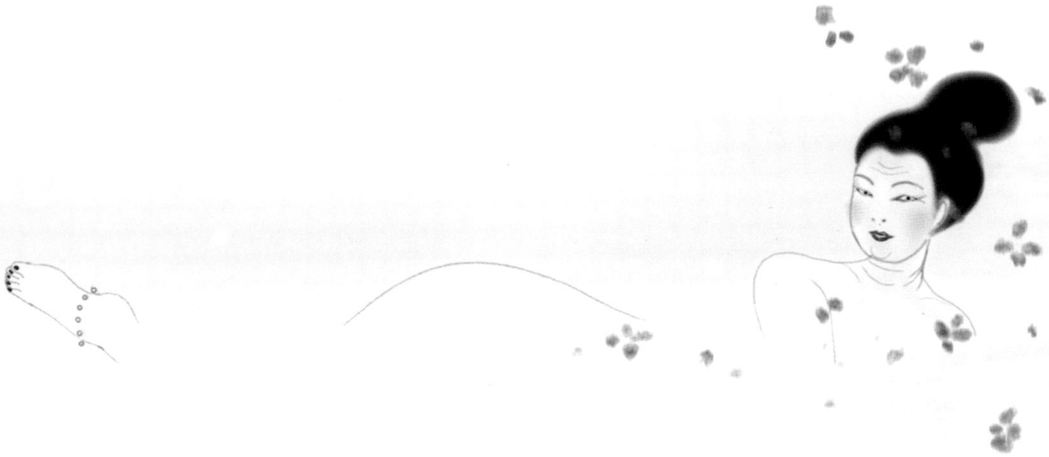

「跟妳説喔！我聽別人説當初那個不愛運動又愛吃的楊小姐，後來嫁給內地那個富可敵國的唐先生！阿身材都是給人家伺候出來的説...」

你先回家做功課去吧

聰明的男人展開追求之前，會先精算關於整型美女年度投資報酬率，再衡量自己的年收入是否能夠匹配對方

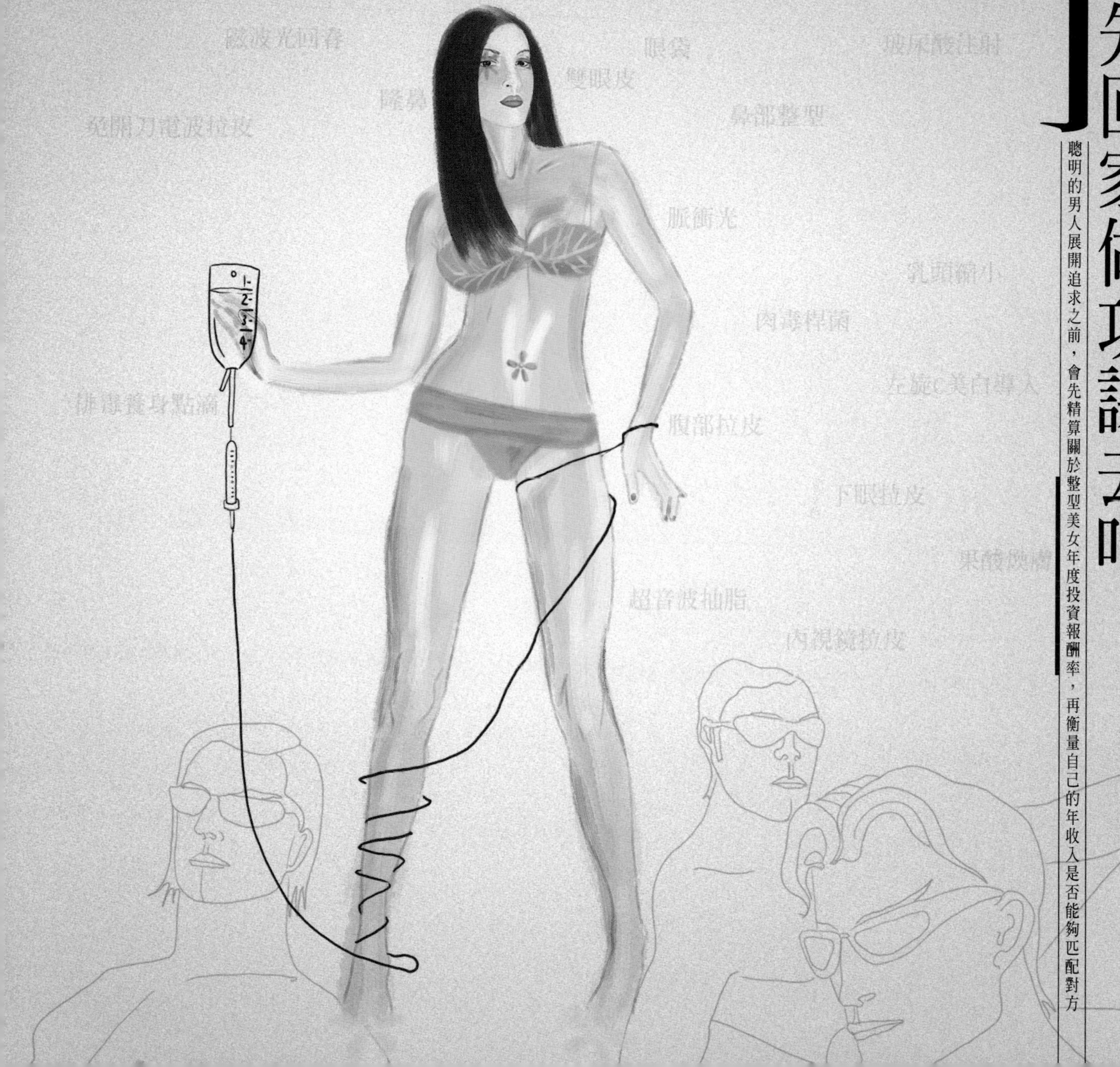

The future
植髮
雷射近視開刀
精割雙眼皮
精割眼袋
雷射美白牙齒
削骨
隆鼻
鼻翼縮小
腹部拉皮
磨皮手術
電波拉皮
超音波抽脂
肉毒桿菌瘦臉除皺
知名健身房VIP永久榮譽會員
精割雙眼皮
精割眼袋
雷射美白牙齒
雷射近視開刀
隆鼻
鼻孔縮小
脈衝光除斑
乳頭縮小
乳暈漂白
磁波光回春
電波拉皮
腹部拉皮
內視鏡拉皮
玻尿酸注射豐唇
肉毒桿菌瘦臉除皺
永久除毛
果酸全身煥膚
左旋C美白導入
超音波抽脂
排毒養身點滴
知名瘦身中心VIP永久榮譽會員

自從阿嬌去台北上了節目整成超級明星臉以後，滿意的不得了！回到鄉下後有人建議她該好好整理一下自己的氣質

花傘

讓梅雨季節　不再討人厭

獨居。

有個高大壯碩滿身是汗的傢伙忽然衝了出來，在妳將鑰匙轉動房門的瞬間摀住了妳的口鼻
有人悄悄的將利刃靠近了妳洗澡的浴簾，而蓮蓬頭水柱發出的聲響順勢掩蓋了妳進水的雙耳
有張披頭散髮沒有五官的臉煞那出現在妳洗手台上的鏡中，而當時妳剛好彎下腰猛力的刷著舌苔
就在妳一個人的雙人床底下躺了一具紅衣女屍正在用她剛擦好的紅色指甲來回刮著妳脊椎緊靠的床板
加夜班回公寓的妳望著電梯鏡中的自己，忽然電梯門打開走進一位低著頭全身溼淋淋的長髮女子，此時電梯停電一片漆黑

關 於 獨 居 現 實 中 潛 伏 的 危 機 · 遠 超 越 妳 偶 而 製 造 的 假 象

男人大多是懶惰的動物，在昏暗的燈光下，

當然選好脫的下手。

好手好腳才能去健身，請把握每個月收到高額帳單令妳心跳加速、汗流浹背的日子

Give me more time please

其實，我也很想要戒……

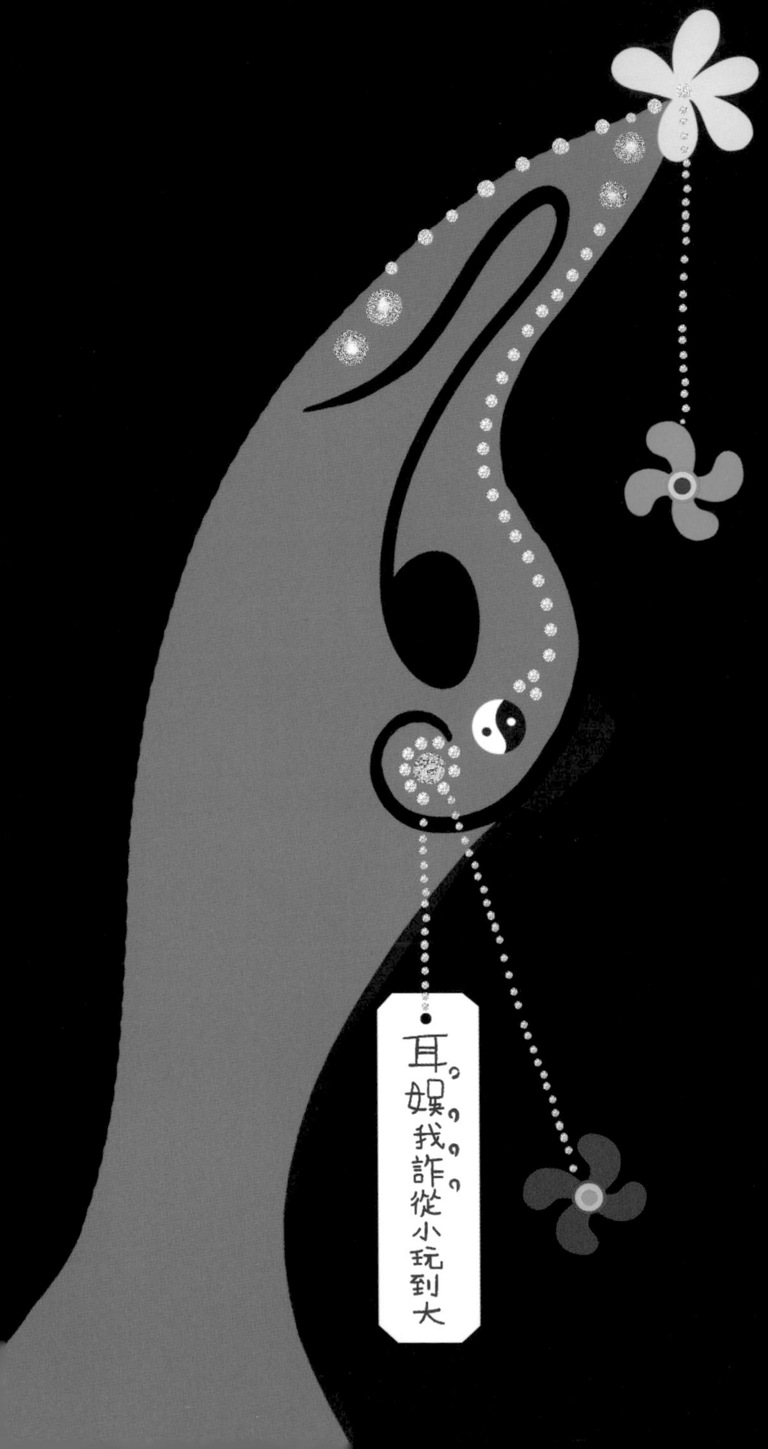
耳娛我詐從小玩到大

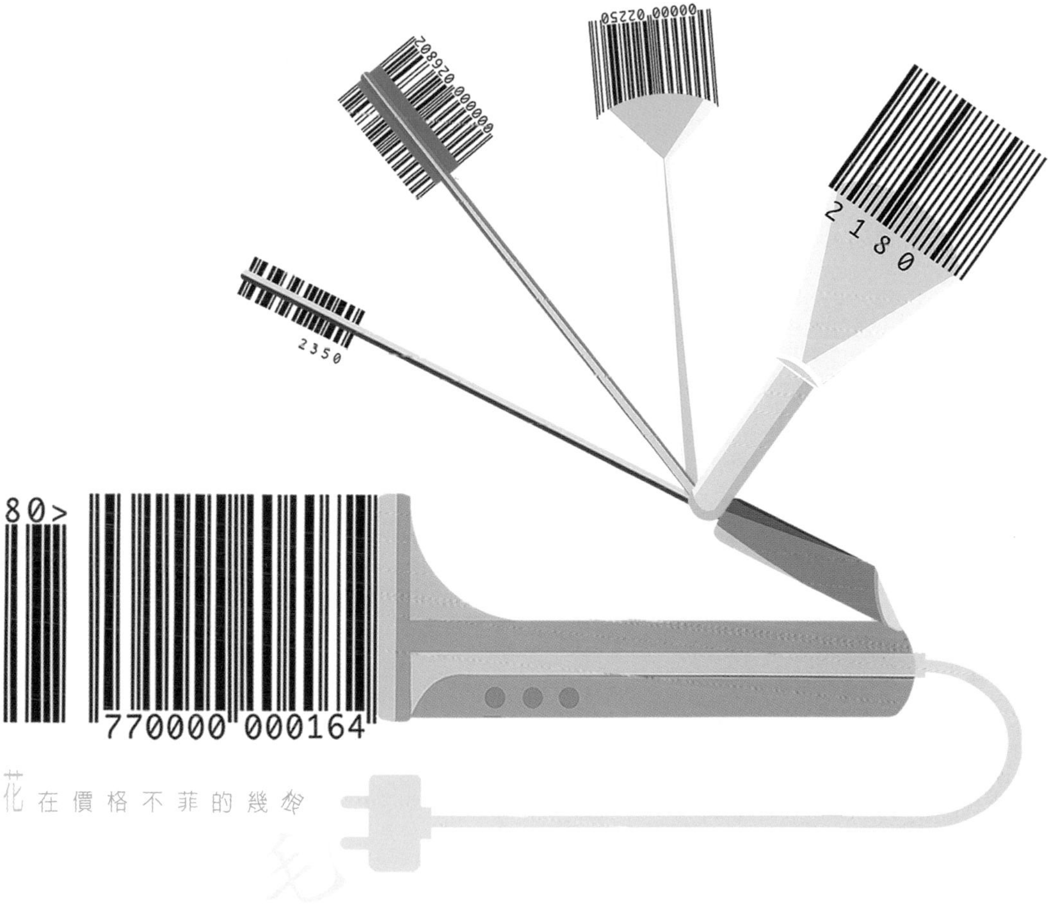
2350
000000 026802
00000 02250
2180
80>
770000 000164
花在價格不菲的幾根
毛

牠其實很擔心
妳會用丟衣服的速度 來把牠丟掉

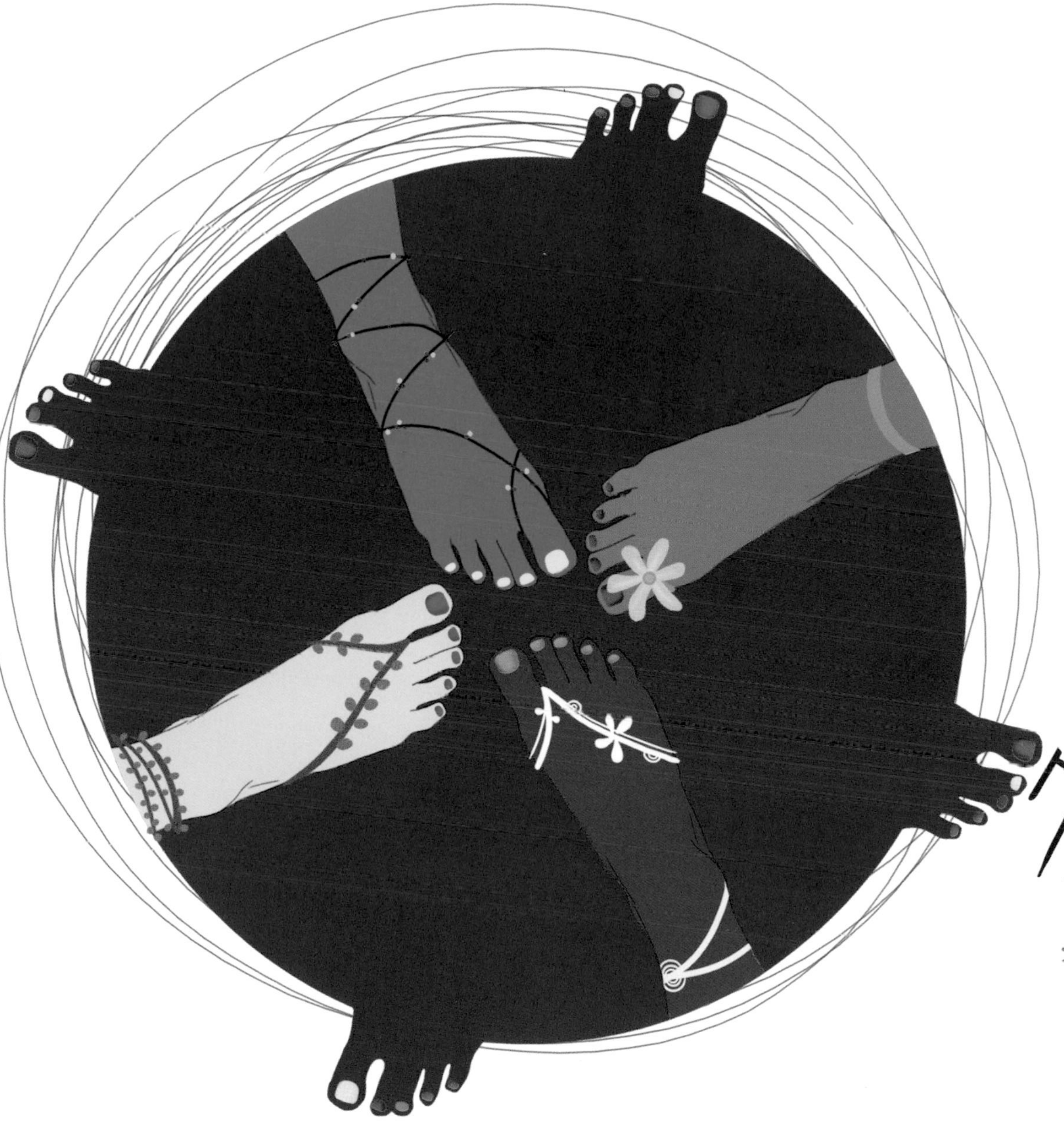

夾指の夏

妳經常羨慕人魚公主不必買鞋這件事

最想要的還是買不到

公主常說為了王子一點點刺痛又何妨?

其實王子只在乎
如何迅速脫掉妳的
鞋

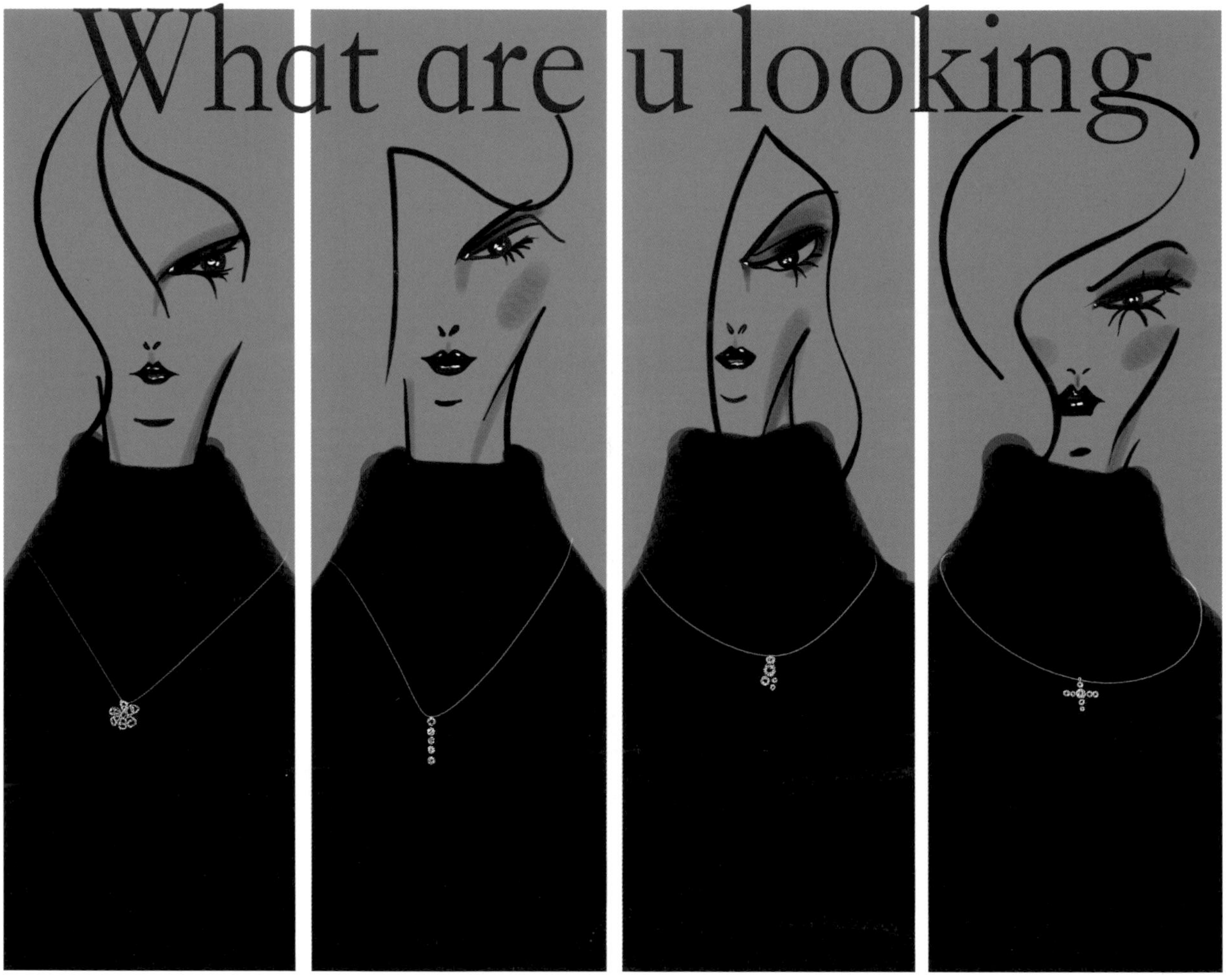

four

在人群中耀眼的妳　總共價值幾克拉？

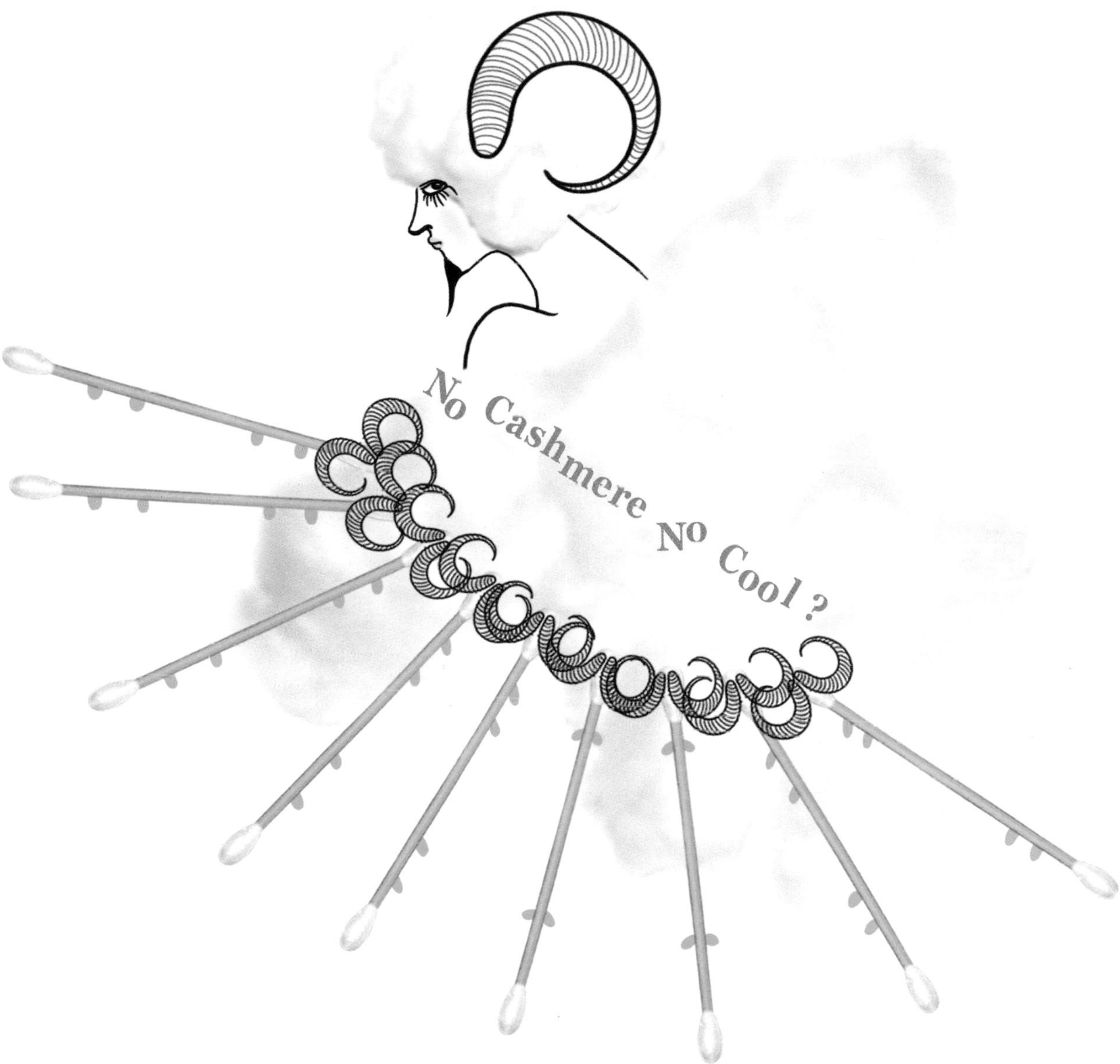
No Cashmere No Cool ?

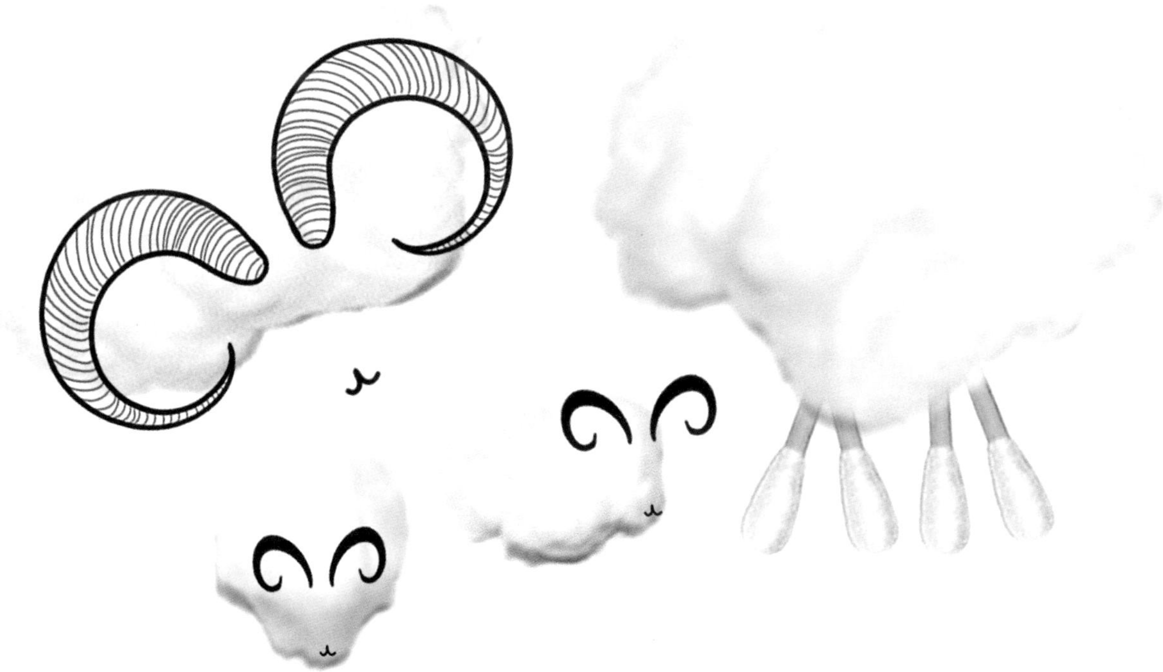

羊毛出在羊身上

請 女 生 等 一 下 再 花 . . . .

註：在此推薦Elven是個善於喬裝邪惡的小鬼　專畫扭曲詭異的小人　他說：好人真的很難畫　　嗯，這點我非常同意

每個大人心裡　都有一座兒童樂園

（不過　有些兒童的樂園卻被家長丟在垃圾桶裡）

【繼續支持仿冒品，妳就是全球矚目的笑柄】

如果發財了 你想幹嘛？
Elven說：我要出國大買，因為男生也愛花
Elven vs. Grace Tsou
Elven

Thanks.Elven

小朋友 妳可以發揮 想像力自行著色喔!

他從未放棄找尋當初她離開的眞相……

What is love?

他終於累了　或許我早該告訴他　都怪他自己當初買錯了
糖

禁慾
是荷包的救星
（請咬緊牙關向誘惑SAY NO）
是時尚的敵人？
（這句話是有錢人講的）
（錢不多的人用智慧玩時尚）
（有錢人用錢買時尚）
（事實上沒錢也可以搞時尚）

（第一眼見到他）

（後來）

（我就深深愛上它）

智者滿意．愚者憂鬱

關於時尚販售系統
About Fashion WHO ARE U

帶原者提供創意→製造者實踐創意→帶元者投資創意→觀察者研究買家購物心理學→研究測試者測試品牌滿意度→行銷傳播者想法子吸引買家→品牌包裝者打造夢想吸引買家→品牌代言者營造品牌好感度→販售者→消費者→品牌混淆者→不肖品牌仿冒者→競爭品牌謠言製造者→受害上當者→後續處理者→垃圾製造者→資源回收者→流程尚未結束，前線者早已荷包滿滿繼續進行其他品牌販售計畫。而妳是時尚的創造者？還是時尚受害者？是趕流行？還是被流行趕著走？

Grace Tson.

【請學習用您荷包的眼光閱讀時尚】
NO MONEY NO FASHION ?

攝影/LIANG SU 蘇益良

模特兒經紀公司/CASTEMARK

MODEL/WASIR 周詠軒

服裝提供/RECOVER名品二手

造型/感謝以上知名非遜人士不畏風險聯合讚助

【關於時尚的保鮮期】

阿婆的非遜大道
※攝於2004・10・TAIPEI・白沙灣

事實上時尚是文明帝國底下的浮游物　我們必須經常感到榮幸可以很時尚

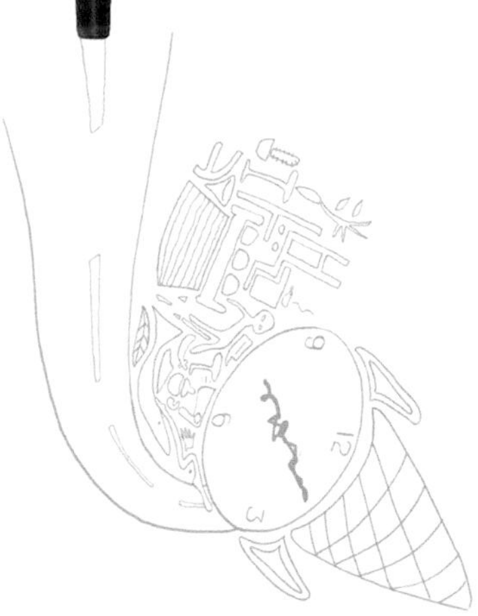

時尚製造日期 / Anytime

時尚保存期限 / 試用(穿)完畢即膩、吊牌卸下後即可報廢；只在乎曾經擁有，沒人在乎天長地久

時尚製造地 / Anywhere(較落後國家不建議使用)

時尚使用方式 / 請依照個人荷包大小智慧數值多寡取適量調配即可使用

成份 / 荷包抽取物、大量非食用色素、人爲化學加工香料、興奮劑、超出理智安全劑量的維生素D

注意 / 初期使用者少量即有興奮感。長期不當使用者易造成失眠、費衰竭、心悸、憂鬱、不滿現狀視力模糊、人格分裂、意識不清，嚴重者將引來討債殺機、身敗名裂甚至引發費癌、尋短自殘等現象

建議 / 若有不適，請勿立刻就醫。立即停止消費行爲即可，健保剛剛調漲，請勿浪費國家醫療資源

改善偏方 / 藉由大量排汗的運動方式、閱讀、音樂、烹飪、影劇、創作、關懷弱勢、家人陪伴即可將毒素迅速排出體內。勿接近關於花的人事物如流行雜誌、促銷DM、電視廣告媒體、新裝發表、百貨公司、八卦雜誌，以及不接聽您花伴的來電。選擇以智慧性吸收品味之方式，有計畫階段性的消費並且接受長期治療方可有效斷根；凡無謀生能力需仰賴父母掏金之敗家子女者，家長千萬不可從旁協助

事實上 做自己最時尚

-小米鄭誠摯關心您荷包的健康-

血拼之前
請女生和心裡
那個老愛使壞的女生談一談

無論妳花 或他花
飛
記得 要 套

為了一件衣服

援交被人花　小心收到小朵花

賣身葬花的小女孩

用自己的身體交換當季最IN的商品

軟弱的她永遠跟不上最IN的商品　因為這是商人佈下的消費陷阱

圈套的另外一頭 在自己的手裡。

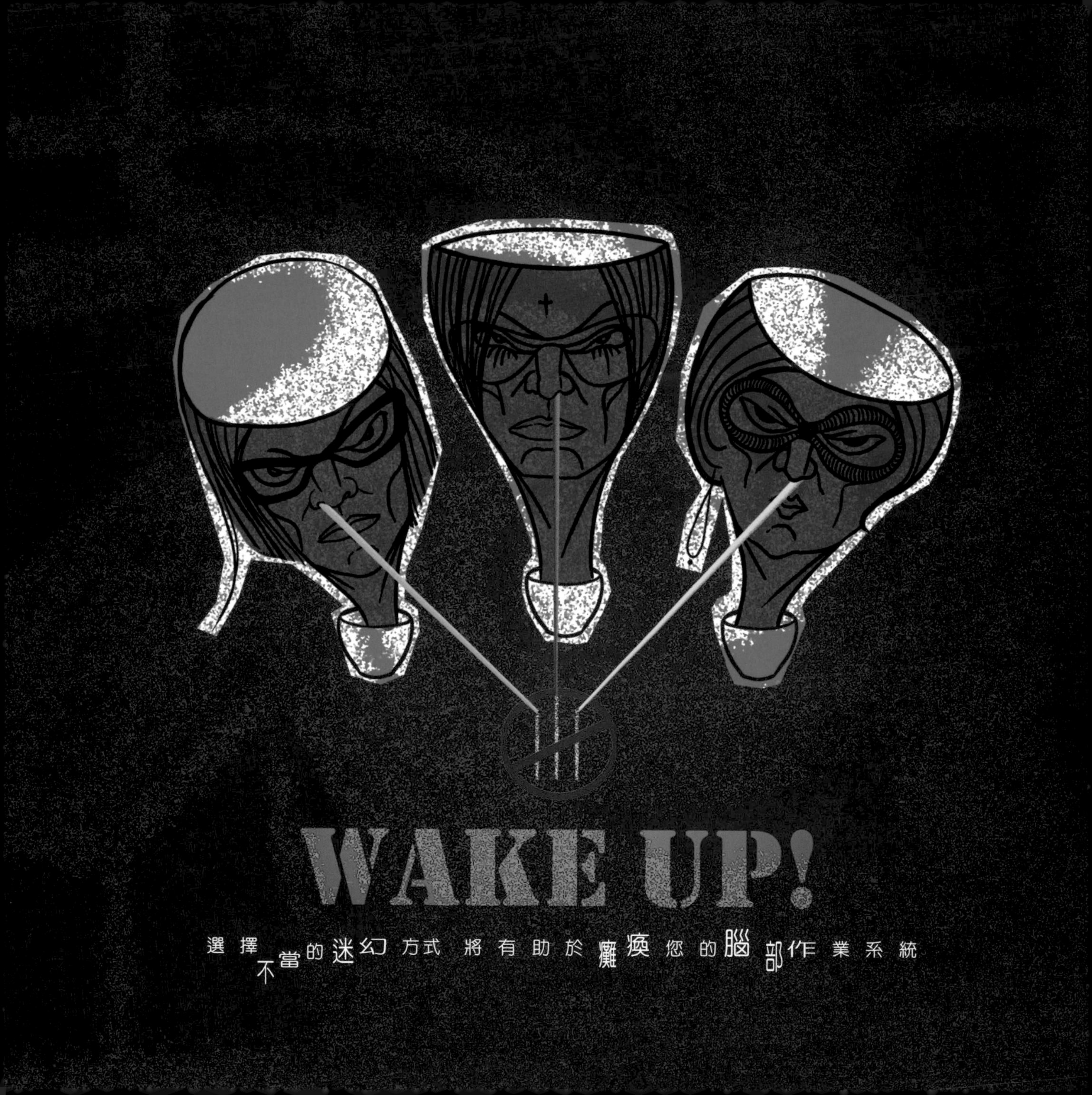
WAKE UP!
選擇不當的迷幻方式 將有助於癱瘓您的腦部作業系統

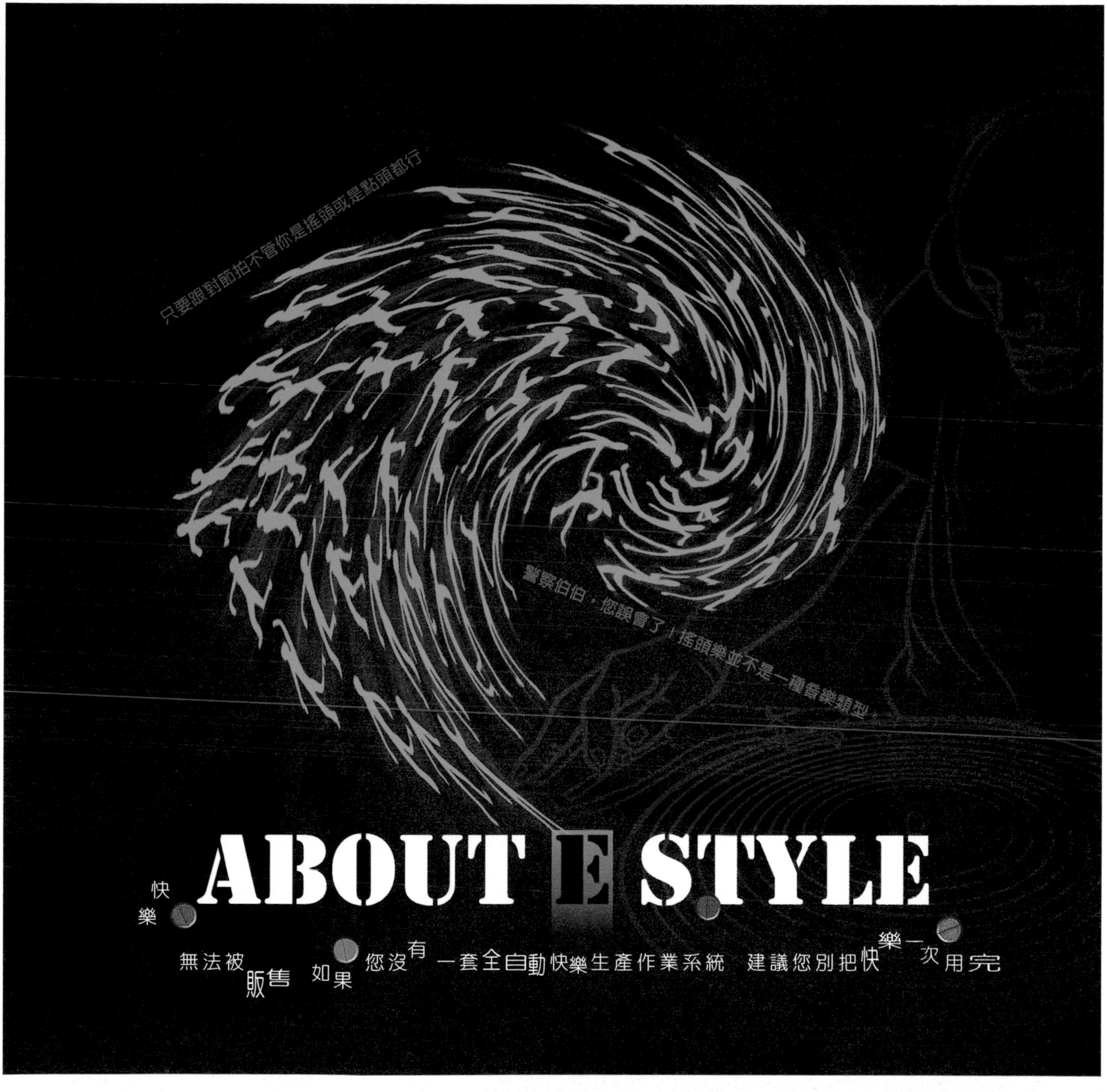
只要跟對節拍不管你是搖頭或是點頭都行
警察伯伯，您誤會了！搖頭樂並不是一種音樂類型。
ABOUT E STYLE
快樂無法被販售 如果您沒有一套全自動快樂生產作業系統 建議您別把快樂一次用完

IT'S NOT U IT'S E TALKING

開心的表面 潛伏著 憂鬱的危機
!

SALE70%又夏降囉！

商品超新折扣超低老闆鈔傷心顧客鈔開心全心開幕盡情享受！

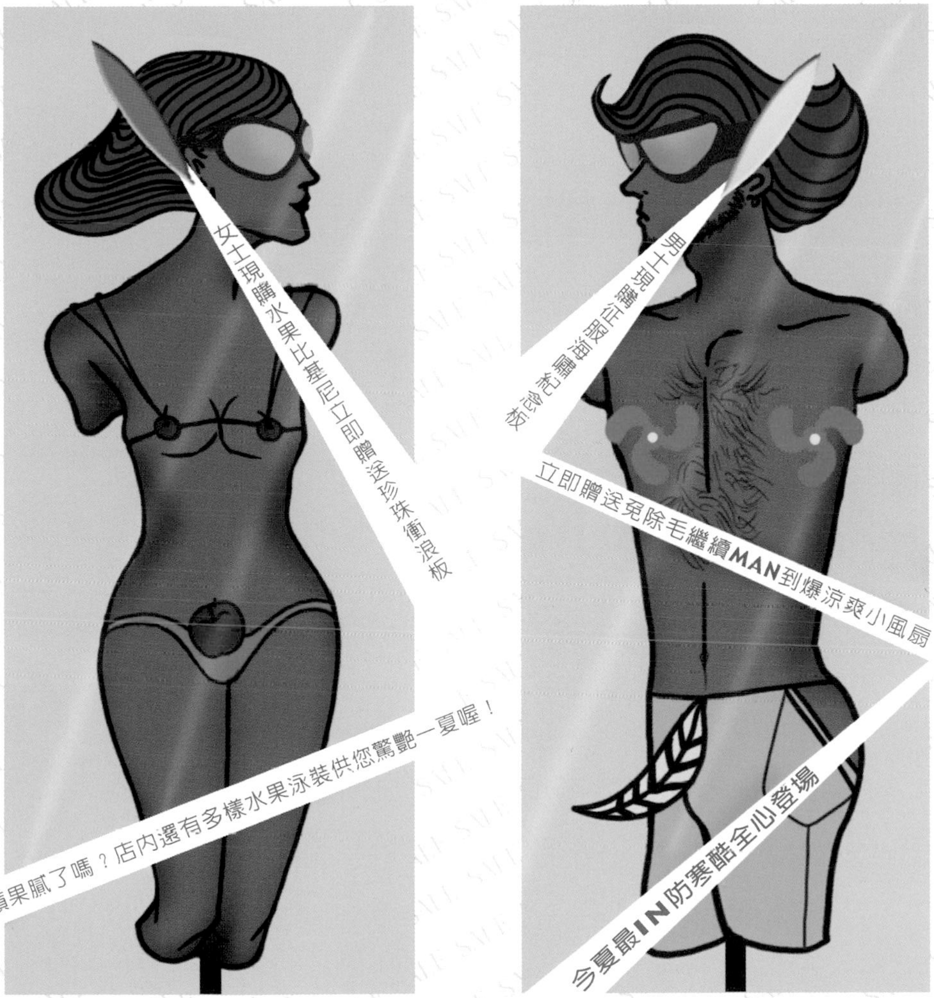
女士現購水果比基尼立即贈送珍珠衝浪板
蘋果膩了嗎？店內還有多樣水果泳裝供您驚艷一夏喔！
男士現購征服海嘯紀念板
立即贈送免除毛繼續MAN到爆涼爽小風扇
今夏最IN防寒酷全心登場

伊甸園生計中心發現：人類飽受身體遮掩之苦卻還樂在其中，於是緊急關閉海水浴場，重新企劃新年度的行銷策略以防倒閉

每年花上千萬的廣告預算　都只爲了入侵妳的腦細胞

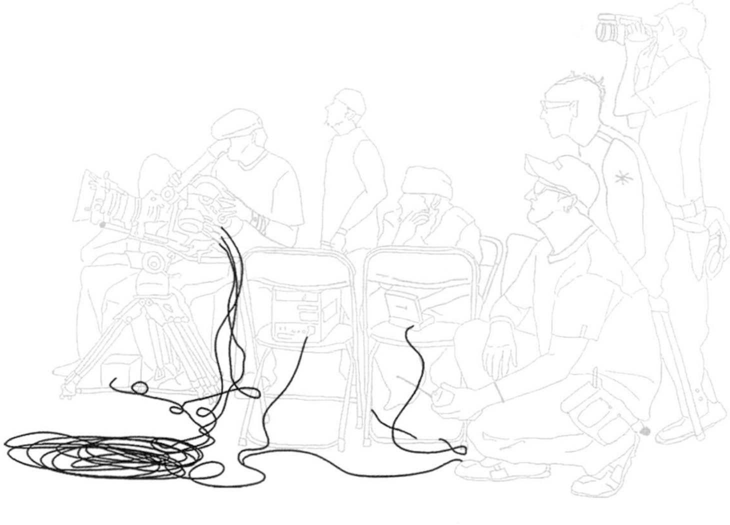

廣告主 & 廣告公司重點人物介紹

(由於體系組織過於龐大·族繁不及備載·暫由下列Key Man簡易替代)

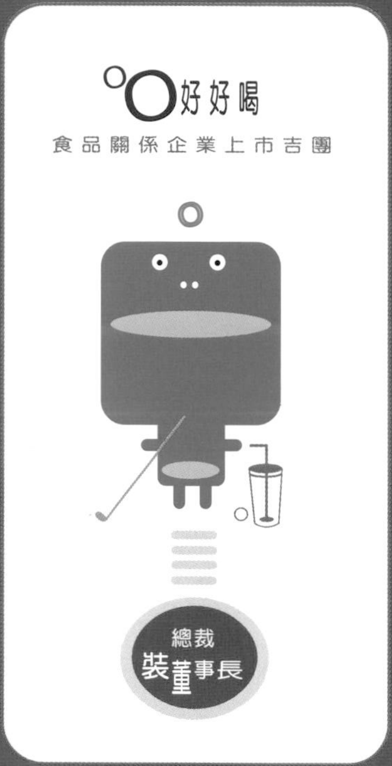

特長

自己的產品

嗜好

陶醉在自己的產品

產品銷售不佳時喜歡比稿更換代理商

特質

了解自己的產品

缺點

不了解消費者

職掌

媒體採購

想盡方法增加商品曝光率

嗜好

鈔愛花

特質

精打細算消化快

缺點

揮金如土

職掌

鞏固公司繼有客戶

開發新客戶讓公司荷包滿滿確保地位

嗜好

交際花

特質

自賣自誇

缺點

焦慮、信誓旦旦

職掌

創意部帶員者

督察創意品質&保證提案必勝負責人

嗜好

綵衣娛親(但只針對客戶)

特質

人格分裂

缺點

講的好辦不到

職掌

創意部字戀狂

發想創意&字圓其說

嗜好

書解壓力&哈拉

特質

精神異常

缺點

寫的好看不懂

職掌

創意部色偏狂

發想創意&畫面構成

嗜好

花無忌&睡覺

特質

個性倒是很藝術

缺點

想的美做不到

現在爲您解說A＋廣告代理商如何操作好好喝食品企業裝董的產品...........

週五PM4:00客戶Brief

裝董：喂？王總嗎?聽說A＋廣告很厲害…我是好好喝食品企業裝董啦…呵呵 (又在陶醉)

A＋王總：A裝董喔！不要聽說啦！要用了才知道 (其實很焦慮)

裝董：好啦！事成我請你揮兩竿啦！ (反正會員沒差別)

A＋王總：是什麼事情這麼簡單？ (又信誓旦旦)

裝董：啊就那個剛上市的新咖揮GO好喝啊…啊明明很好喝…結果沒人給我買啦！ (憂喜參半)

A＋王總：那有想過再推出更好喝的新口味嗎? (其實已經抖到膽子放桌上)

裝董： 不會，因為已經研究不出來比這更好喝的味道了。 (魄力十足)

我可是優先挑A＋喔！啊你那麼想比稿喔？有預算啦！大後天來給我提案。 (反正放假是你家的事)

A＋王總：沒問題啦！A＋的瘋雲廣告排名排假的喔？ (公司知名度眞好用)

裝董：吼讚啦！預算是小case！有效最好啦！ (其實只有小case的預算)

A＋王總：好，我開個會下班前立刻傳估價給您！ (其實也不確定自己何時會下班)

註：GO好喝咖啡-爲好好喝食品企業新上市的產品之一

週五PM6:00　A＋廣告代理商內部PPM

王總：這好玩喔！有機會給創意上台得獎喔! (怕創意罷工，因爲已經是週五下班時間)

CD老講：何時開始玩？ (已經把自己包廂燈給關了，獎也已經拿到手軟)

王總：以你的品質加速度明天就可以玩成啦！ (反正多讚美多鼓勵是自己拿手強項)

CD老講：你又答應囉？！ (反正也已經習慣但還是奪門而出尋找左右手Art&Copy)

COPY字強：吼！我馬子已經在樓下等我很久勒。 (其實很久沒碰女人)

ART卡樂佛：吼！我姨媽來已經好不容易忍到現在。 (其實這個月還沒來)

此時王總在CD老講黑暗的包廂祈禱他平安歸來.......

燈亮了，老講、字強、卡樂佛三人面色凝重的出現了。

王總：走走走請你們去吃君悅。 (反正可以打統編)

三人破涕為笑：愛呦不好意思啦..... (三人已經開始盤算如意菜單)

王總：君悅排骨又沒多少錢....吃完我們會議再開始。 (好險人緣好)

現在爲您示範A+廣告代理商業務王總如何與創意部溝通GO好喝咖啡的操作方式...........

週五PM8:00業務Breif創意

王總：吃的真是太飽！（耍冷開場白）

CD老講：宵夜呆毀要去哪吃？（給我廢話少說）

王總：由於時間緊迫沒辦法開工作單(註1)給你們，我先口頭跟各位報告。

根據我下午整理評估調查的結論如下，我們現在來討論。（還討論，就照著做啦！快給我生創意出來）

此時王總的美麗小AE帶了一袋Go好喝咖啡進會議室，並且替每人插了吸管。優雅的坐下開始做會議記錄。

王總：真是來的正好！大家來喝喝看這次要做的商品，感覺一下！

我順便播放GO好喝咖啡之前做的廣告影片，你們觀賞完一定可以幹掉他之前配合的代理商。

COPY字強：告非(註2)！真的夠好喝。（喝了一口剛從廁所催吐回到座位）

ART卡樂佛：告非！包裝真夠解(註3)。（認爲自己的美學無人能比）

此時GO好喝咖啡的30秒鐘廣告影片早已經loop了10次。

CD老講：告非！前人做的TVC還真瞎！(註4)

(註1)工作單-爲廣告公司成員接工作的證據(註2)告非-靠，爲優雅的壯聲詞(註3)解-很糟(註4)瞎-不堪入目、不養眼...

王總：好啦，做人要留口德不要造口業，會有報應。（自己的經驗談）

雖然各位說的是實話....由於短期內不會推出好口味，解決的唯一方式大家應該很清楚，那就是...

四人異口同聲：不換湯不換藥只換新包裝！（反正一直以來都是這麼做）

王總：沒錯！我不耽誤大家時間，說了重點就先離開，還有別的客戶在等我開會。（應酬與開會劃上等號）

總之好好喝食品企業品牌滿意度整體表現不佳，更別說願景和競爭品牌。產品也沒有定位，目標消費群

也沒有，總之都是難喝惹的禍。不過也正是我們幫他改頭換面的大好機會！（又信誓旦旦)

CD老講：那就說～來嚐一下毒特的好味道（反正我什麼都能賣什麼都不奇怪）

王總：也許是一個方式！我先暫訂如下

目標族群為-只要口渴或想睡覺口袋又剛好有25元的人，就是我們的消費者(也就是9~99歲)

要達到消費者看了我們的廣告人手一罐並讚不絕口變成茶餘飯後最佳話題！

時間很趕所以先發想產品命名、換新的包裝設計、一支30秒鐘的TVC腳本給他爽一下。（反正創意冰雪聰明）

明天晚點我看一下點子如何，週日我得整理腦袋週一要提。不要加太晚喔！掰！（他們不加到天亮才有鬼）

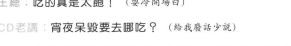

現在爲您示範A+廣告代理商創意部如何發想GO好喝咖啡的操作方式...........(ABOUT產品命名)

週五PM9:00創意內部PPM

COPY字強：告非！降就走了。 (還在作嘔中)

CD老講：留著也沒用。(早看他不爽)

ART卡樂佛：告非！姨媽好痛... (還在裝)

CD老講：字強，馬子什麼時候交的？(故做關心成員狀)

COPY字強：喔！剛分了。 (表示我爲公司盡心盡力)

CD老講：大家加班要開心，開心討論創意才會有創意。(告非！你們以爲我也愛加班喔)

ART卡樂佛：愛優！痛一下咬咬牙就過了，能跟到老講你是我們好狗運耶！ (本來想說狗屎運)

COPY字強：對啊！跟到你我真的進步不少。 (告非！你知不知道你是有名的難搞)

CD老講：來吧，先想一下夠勁爆的命名。GO好喝真的是有夠聳！(其實命名早就已經想好但爲了讓組員有參與感)

COPY字強：要優雅的還是好笑的還是好喝的還是諧音的？ (我都狠會)

CD老講：不管，反正好記就好。

ART卡樂佛：阿之前GO好喝就很好記阿！ (哼！我不是文盲，我也會想命名)

CD老講：口感很差，乾脆將錯就錯玩這詭異的口感。 (命名不大想跟ART討論)

COPY字強：好像蠻酷的。(好可怕，老講快要想出來了，我現在狠危險)

啡起來、來一咖、馬上啡、啡要、搞啡激、能吃苦、啡現實、咖啡色、咖啡英子！啡…(應該有幾個能用了吧)

CD老講：接近。快出來了！ (一點感覺也沒有，呆毀我講我想的你們會嚇一跳)

ART卡樂佛：搞啡激很好玩耶！好像自己家裡煮的咖啡一樣難喝！我喜歡這個。(哼！我再不說話就會被冷凍)

COPY字強：謝謝妳喔。大藝術指導！ (妳又不是CD還指導我命名勒，沒色盲的文盲)

CD老講：沒關係，這些都可以提，先給客戶挑，如果沒提50個能用的命名提案多難看，搞不好命名他們還要算筆畫測字勒！ (你們的鹹魚充數，我想的當然是主推，反正最後只能挑一個)

ART卡樂佛：喝完它、喝光它、喝光光、不想睡、不受睏、啡姑娘、啡要買，講完了。(哼！我也會想)

COPY字強：還是之前GO好喝命名比較好。(告非，妳敢講我還不敢寫勒)

CD老講：啡嚐，就叫啡嚐caffee！因為難喝，但還是要大家買來嚐嚐看。優雅又好記。(兩小時前早已想好)

COPY字強＆ART卡樂佛：好強喔！超讚的啦！超愛的啦！(總算完成一個階段，反正每次CD都會贏)

由於提案次數過於冗長，很佔版面，直接進入A＋廣告代理商&好好喝食品企業裝董最後一次提案確認階段

TVC選角前情提要

CD老講：基於市場考量，這支腳本男女都會出現（反正消費者不是男的就是女的）

COPY字強：產品命名保證朗朗上口！（可惜不是我想的）

ART卡樂佛：而且畫面保證GO非遜。（不非遜我還做不出來勒）

CD老講：這腳本經過測試普遍接受度都很高！（客户沒有市調的預算，問問公司同事誰敢不接受）

A＋王總：產品代言人保證裝董您滿意！（可惜我已婚）

裝董：素誰？

四人異口同聲：就是名模揮姑娘！

裝董：讚啦！很貴吼…好啦給她拼了（好想去盯拍）

啊記得拍的時候表情要很好喝很香的樣子！（廣告主考量）

（由於會議時間過於冗長，呆毀直接爲您播放啡嚐coffee30秒廣告影片內容）

這包裝和腳本實在是太棒了！不過男主角我有些意見！（先褒後貶）

A＋王總：好說好說！（快說！都提了十次還有意見）

裝董：是這樣…我兒子其實跟女主角更配！我相信已經別無人選。（邊從皮夾開始翻找兒子的大頭照）

A＋王總：天啊！果然是有其父必有其子！太帥了！（幸好男主角戲份不多）

CD老講：對了！忘記跟您介紹這位是TVC當紅名導，導演您這裡有什麼要補充的？（快說你對男主角有意見）

導演：你們都講完了，我要講什麼？（反正又是一支八辣片子，荷包要緊）

A＋王總：對啦！你看我們導演多好配合！他沒意見啦！

媒體胡凱兒：裝董！好戲還在後頭呢！由於您的預算不高，我為您量身訂做了一套貼心的露出方式呢！

裝董：好好，貴公司真是體貼！（不要亂花我的錢就好）

媒體胡凱兒：除了捷運燈箱、各大報紙版面、電視廣告、廣播、公車、雜誌稿…我還特別為您凹到三大報免付費訂閱一年的優惠呢！（反正配來配去都是這樣配）

裝董：太好了太好了！就這樣說定了（聽成三大報免付費版面刊登一年）

休息一下．進廣告

Audio　我的嘴巴非常挑剔　　對於味道，總是非常堅持　　那天，他給了我一個非常的承諾

（代言人揮姑娘入鏡）　　（男主角被迫入鏡）　　（商品迫不急待非要入鏡）

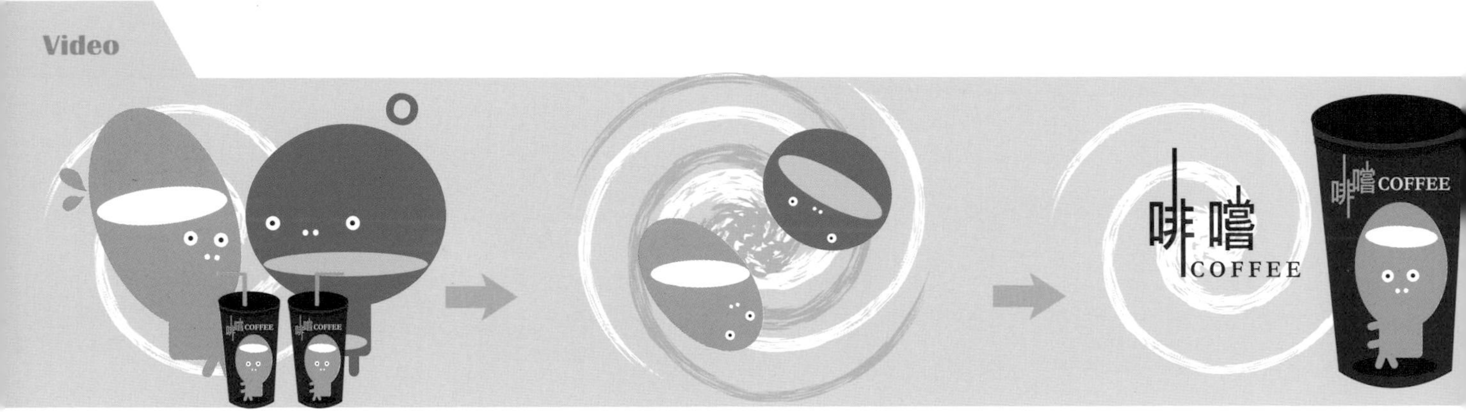

Audio　看得出來我們三天沒睡了嗎？　　2006…給你非嚐不可的好味道　　啡嚐coffee　新上市

（除了裝董之子有睡，片場人員一個也沒睡）　　（被迫拍出令人暈眩的香氣）　　（包裝設計被迫使用代言人，此畫面定格要持久

註1※由於TVC從頭到尾OS不斷出現諧音商品名，故獲得廣告主大力激賞　註2※但也因爲實在太吵，所以不可能得到4A廣告獎評審的青

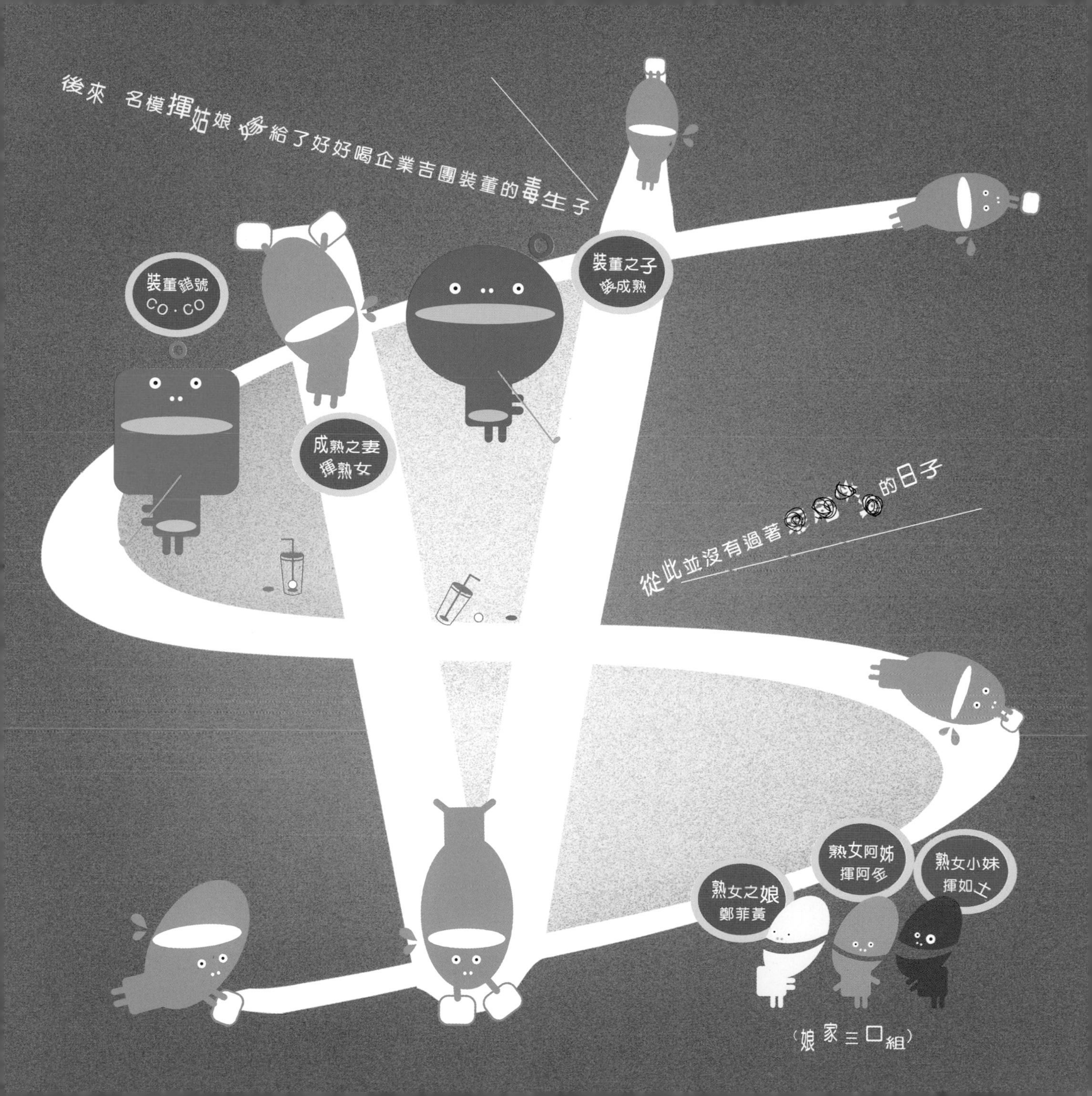

後來 名模揮姑娘嫁給了好好喝企業吉團裝董的毒生子
裝董錯號
CO．CO
成熟之妻
揮熟女
裝董之子
裝成熟
從此並沒有過著
的日子
熟女之娘
鄭菲黃
熟女阿姊
揮阿多
熟女小妹
揮如土
（娘家三口組）

奉勸諸位施主
購物錢要三思
請勿樂善好施

奉勸施主　買東西要有戒心　不可太過花心

【有錢的時候不要經常開支】

好花不常開

好景不常在

【好景氣不是經常有的事】

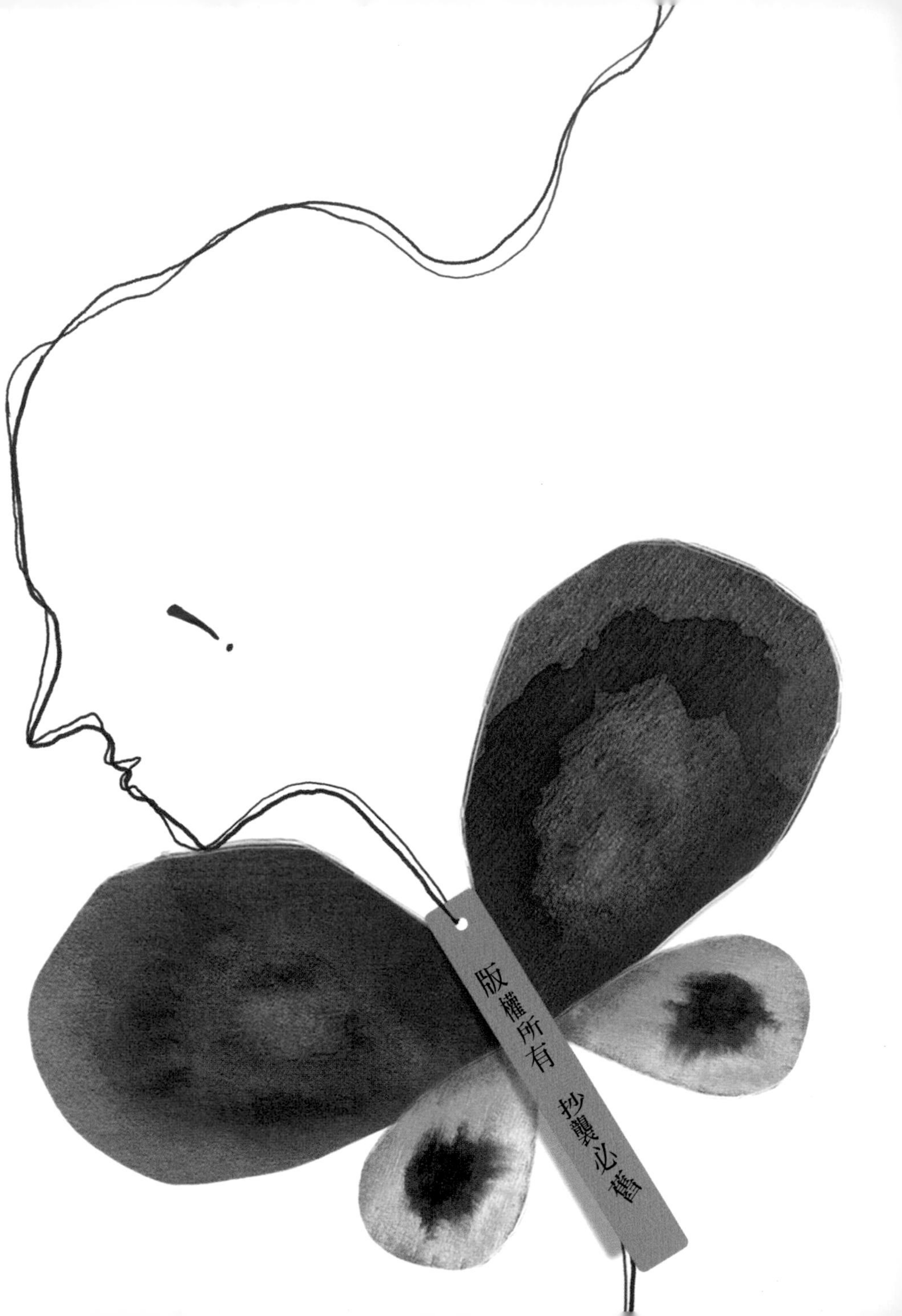
版權所有　抄襲必舊

花謝 THANKS.

非常感謝大塊大辣我的家人我的媽我的花序人還有各位姊妹花眼睜睜讓我把花開內容如有冒犯的地方請勿多多包含本人只是**善於實畫實說**最後要來跟姊妹花們說一聲**能花就是福**我們要時時警惕自己已經很幸福謝謝妳少買了一件路邊攤的衣服而買了小米酈的女生都愛花

Grace Tsou.

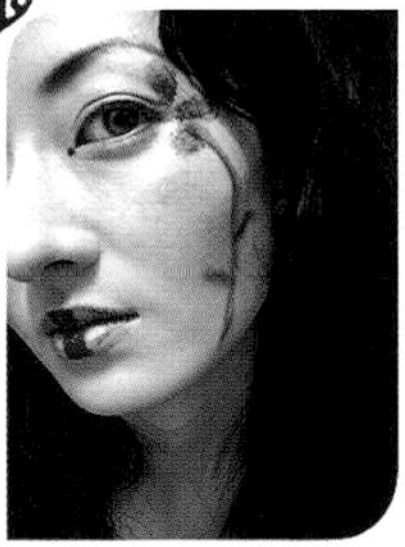

·

· 小米鄒 · O型天蠍座 · 1977年被生在台北 ·

· 曾任沒幾家外商廣告公司藝術指導 · 也經常和指導藝術的客戶配合 ·

· 喜歡把提案沒過的IDEA畫出來作紀念 · 也喜歡把買不到的衣服畫下來作消遣 ·

· 喜歡欣賞客戶滔滔不絕激賞商品的認真表情 · 喜歡觀察消費者經過貨架把玩商品出神 ·

· 喜歡每個質地善良的好人 · 曾經陶醉在可以打統一編號的日子 · 現在和妳一樣是資深消費者 ·

·

·助您消費愉快·

Catch105 女生都愛花　小米鄒 著
責任編輯：韓秀玫　美術編輯：何萍萍　法律顧問：全理法律事務所董安丹律師　出版者：大塊文化出版股份有限公司
台北市105南京東路四段25號11樓　讀者服務專線：080-006689　TEL：(02) 87123898　FAX：(02) 87123897
郵撥帳號：18955675　戶名：大塊文化出版股份有限公司　e-mail:locus@locuspublishing.com　www.locuspublishing.com
行政院新聞局局版北市業字第706號　
總經銷：大和書報圖書股份有限公司　地址：台北縣五股工業區五工五路2號
TEL：(02) 89902588 (代表號)　FAX：(02) 22901658
初版一刷：2006年1月

定價：新台幣280元
ISBN 986-7291-86-7　Printed in Taiwan

台北市105南京東路四段25號11樓

廣　告　回　信
台灣北區郵政管理局登記證
北台字第10227號

大塊文化出版股份有限公司　收

請沿虛線撕下後對折裝訂寄回，謝謝！

地址：＿＿＿市／縣＿＿＿鄉／鎮／市／區＿＿＿＿路／街＿＿＿段＿＿＿巷

弄＿＿＿號＿＿＿樓

姓名：

編號：CA105　　書名：女生都愛花

大塊 LOCUS 文化

讀者回函卡

謝謝您購買這本書，爲了加強對您的服務，請您詳細填寫本卡各欄，寄回大塊出版 (免附回郵) 即可不定期收到本公司最新的出版資訊，並享受我們提供的各種優待。

姓名：________________ 身分證字號：________________ 性別：□男 □女

出生日期：______年______月______日 聯絡電話：____________________

住址：____

E-mail：____

學歷：1.□高中及高中以下 2.□專科與大學 3.□研究所以上

職業：1.□學生 2.□資訊業 3.□工 4.□商 5.□服務業 6.□軍警公教
7.□自由業及專業 8.□其他

您所購買的書名：____

從何處得知本書：1.□書店 2.□網路 3.□大塊電子報 4.□報紙廣告 5.□雜誌
6.□新聞報導 7.□他人推薦 8.□廣播節目 9.□其他

您以何種方式購書：1.逛書店購書 □連鎖書店 □一般書店 2.□網路購書
3.□郵局劃撥 4.□其他

您購買過我們那些書系：

1.□touch系列 2.□mark系列 3.□smile系列 4.□catch系列 5.□幾米系列
6.□from系列 7.□to系列 8.□home系列 9.□KODIKO系列 10.□ACG系列
11.□TONE系列 12.□R系列 13.□together系列 14.□GI系列 15.□MYTH系列 16.□aella系列 17.□其他____________

您對本書的評價：(請填代號 1.非常滿意 2.滿意 3.普通 4.不滿意 5.非常不滿意)

書名______ 內容______ 封面設計______ 版面編排______ 紙張質感______

讀完本書後您覺得：

1.□非常喜歡 2.□喜歡 3.□普通 4.□不喜歡 5.□非常不喜歡

對我們的建議：____

____

LOCUS

LOCUS

LOCUS

LOCUS